한국 희곡 명작선 48

조선제왕신위 (朝鮮帝王神位)

한국 희곡 명작선 48

조선제왕신위

朝鮮帝王神位

차근호

평민사

자
그
ᄂ
호

朝鮮帝王神位

조선제왕신위

등장인물

인조(혼령)
사관(혼령)
소현세자
효종
금관조복(金冠朝服)1, 2, 3, 4
대신1, 2, 3
세자빈
노대신(老大臣)
선비
유생
청나라 사신
백성1, 2, 3
여인
걸인 아이
— 그 외 사람들. 주요 인물이 아니라면 일인다역도 무방하다.

무대의 앞쪽, 객석에서 두루 보일 수 있는 곳에는 대궐의 미니어처가 설치되어 있다. 대궐 모형은 필요에 따라 이동이 가능하다. 무대의 뒤쪽에는 층계형의 단이 설치되어 있다. 이것은 무대 앞쪽으로 약간 둥그스레하게 나온 아치형이다. 단 위에는 위패와 제사상이 놓여있고 이것을 가리고 보일 수 있는 미닫이문이 달려 있다. 문의 양옆으로는 각각 네 칸짜리 미닫이가 벽처럼 무대의 양 끝까지 설치되어 있다. 실제로 미닫이 형태의 벽은 등·퇴장이 가능하며, 창호지를 발라 그림자와 섬광 등을 투영하는 장치로 사용된다.

제1장

어둠 속에서 '조―선―군―왕―인―조―대―왕―신―위'라는 소리가 들려온다. 제사가 시작됨을 암시하는 박(拍) 소리. 곧이어 진한 향 내음이 퍼진다. 무대에는 위패와 제사상만이 보인다.

소리 일 ― 배. (사이) 이 ― 배. (사이) 삼 ― 배. (사이) 사 ― 배. (사이) 취 ― 위. (사이) 망 ― 료.

제사가 끝났음을 암시하는 박(拍) 소리.
무대 밝아지면 효종과 노대신 객을 향해 앉아있다. 혼령인 인조, 들어와서 제사상에 앉는다. 인조는 목에 망원경을 걸고 있다. 그 옆에서 혼령인 사관, 지켜보고 있다. 사관은 두꺼운 책을 들고 있다. 인조는 효종과 노대신의 대화가 진행되는 동안 계속 음식을 먹는다.

효종 선왕 인조 대왕께서는 대국 명나라를 섬기고 오랑캐 청국을 정벌하라는 국시를 내리셨다. 이는 대명사대(大明事大) 반청북벌(反淸北伐) 조선의 국시다. 이젠 명나라가 멸망하여 대명사대는 불가하나 반청북벌은 여전히 조선의 제일 과업이다. 나는 인조 대왕의 뒤를 이어 왕위에 오른 봉림대군 효종이다. 법도에 따르면 장자이신 소현세자께서 보위에 오르시는 게 타당한 일이나, 형님이신 세자께서 일찍 승하하시어 인조 대왕의 둘째 아들이며, 세자 저하의 동생인 내가 조선의 17대 국왕으로 등극했다. 국왕인 나의 책무는 발해의 땅 요동을 회복하고, 유학의 문명국으로서 오랑캐와 왜를 교화해 명실공히 대조선 제국을 이루는 것이다. 나는 천명한다. 오늘 인조 대왕의 기제일을 맞아 대조선국은 청국을 정벌할 것이다.

출군을 알리는 북소리 들려온다.

노대신 (북소리에 귀를 기울이다가) 대조선국의 위상은 무모한 전쟁으로 세울 것이 아니요, 백성을 구제하고 유학의 도를 세우는 데 있습니다.

효종 전시 상황이요. 국론을 분열시키지 마시오.

노대신 전대의 호란으로 입은 피해는 지금도 회복하기엔 요원하고, 전하의 과도한 군비 증강은 민생을 도탄에 빠뜨리려 합니다. 나라의 안정이 위태롭습니다. 이 마당에 전쟁을 한다는 건 불나방이 불 속으로 뛰어드는 것과 다를게 없습니다.

효종 북벌은 결정됐소. 조정의 뜻을 따르시오.

노대신 북벌은 전하께서 단독으로 결정한 일이십니다.

효종 그게 무슨 소린가? 조정은 지금까지 북벌을 지지해왔고, 출군 또한 합의했다.

노대신 청나라가 알기 전에 수습을 해야 합니다. 군사를 돌리십시오.

효종   길을 비키라!

노대신   이 나라는 전하 한 분만의 나라가 아닙니다.

효종   북벌은 나라의 국시고 부왕의 고명이다. 이를 거역하면 대역임을 모르는가! 송시열이 그대의 죄를 물으리라.

노대신   (사이) 송시열은 오지 않을 겁니다.

북소리 멈춘다.

효종   ……!

노대신   이백 년 종묘사직을 온전케 하기 위함입니다. 명을 거두소서.

효종   이제와 내 발목을 잡겠단 말인가?

노대신   신은 초지일관 북벌이 불가함을 아뢰었습니다. 부왕께서는 패덕을 일삼던 광해군을 내치시고 정도를 세우셨습니다. 전하께서 인조 대왕의 고명을 받드시겠다면, 우선 덕을 쌓아 성군이 되셔야 합니다. 그래야 부왕의 과업을 욕되게 하시지 않을 것입니다.

효종   길을 비키지 않으면, 무력으로 숙정할 것이다.

노대신, 기꺼이 응하겠다는 듯 고개를 숙여 보인다. 무대 앞쪽에 대궐 모형이 보인다. 이것을 사이에 두고 두 명의 무장(武將)이 거리를 두고 앉아있다. 노대신 쪽에 앉아 있는 무장이 기다란 집

게로 조심스럽게 병사 모양의 말을 움직인다. 효종 쪽의 무관도 신중히 이에 응수한다. 무장들은 장기들 두는 것처럼 번갈아 말을 움직인다.

인조, 크게 트림을 한다.

인조 오랜만에 배를 채웠다. (사이) 니놈도 한 숟갈 먹을래?

사관 불가하옵니다. 사관이 어찌 임금의 밥을 먹겠습니까?

인조 너도 니 길로 가라. 내 시대는 갔다. 난 혼령일 뿐, 혼령한테 사관이 웬 말이냐? 너도 자유롭게 떠나거라.

사관 불가하옵니다. 소신의 임무는 전하의 일거수일투족을 역사에 기록하는 것입니다. 설령 전하께서 혼령이 되셨다 해도 저는 갈 수 없습니다.

인조 내 옆에 남은 사람이 니놈 하나구나. 죽은 중전도 멀리 떠났는데 너만이 남았구나. 니놈이 충신이다.

잠시 침묵이 흐른다.

인조 왜 이리 심란한가. (손으로 차양을 만들어 대궐 모형을 바라보면서) 저게 무엇이냐?

사관, 들여다보고 기록을 한다.
인조, 망원경으로 대궐 모형을 본다.

인조   웬 군사들이 저리도 많노?

사관   반란입니다.

인조   바, 반란!

사관   대신이 주상과 담판을 지러 왔습니다.

인조   (다급하여) 주상의 군사를 불러라.

사관   주상의 군사는 국경에 있습니다.

인조   반란이라는데 국경에서 무얼 해!

사관   주상의 명을 기다립니다. 청국을 치러 진격할 것입니다.

인조   (자신의 귀를 의심하면서) 뭐, 뭐라 했냐? 지금?

사관   청국을 치러 진격할 것이라 아뢰었습니다.

인조   (기뻐서) 처, 청국을! 청국을 친다고 했겠다! 청을! 승산은 있느냐?

사관   해볼 만한 전쟁입니다. 위화도 회군을 하지 않았다면, 고려는 명나라를 정벌할 수도 있었습니다. 명나라는 변방 족과 전쟁을 하던 터라 군사들은 북경을 비워 두었습니다. 고려의 군사가 갔더라면 북경을 함락하고, 수도가 함락된 중국도 정복할 수 있었을 것입니다. 조선에 두 번째 천운이 왔습니다.

인조   드디어 드디어 주상이 이 애비의 한을 풀어주는구면. 장하다, 장한지고! (문뜩) 근데 반란이라니?

사관   주상과 북벌을 같이 하자던 신료들이 맘을 돌려먹었습니다. 거기다 북벌을 반대하는 자들, 주상한테 원한이 있는 자들도 한통속이 돼서 주상의 충신 송시열과 송준길 등을 감금하고, 출병으로 대궐 경비가 허술한 틈을 타 반정(反正)을 하겠다고 위협합니다. 북벌 전쟁이 일어나면 예상치도 못할 변혁이 시작되고, 권력도 위험합니다. 신료들은 그것을 원치 않습니다.

인조 뭐라! 지네들 살겠다고 왕을 겁박해. 저 죽일 놈들! (안절부절못하며) 북벌을 하려면, 역적 놈들부터 죽였어야지. 기반을 다지고 적을 쳐야지. 등신 같은 놈!

노대신 전하께서 청나라 인질로 끌려가 오욕을 겪으셨다는 사실을 모르는 바는 아니나, 그렇다 하여 사사로운 복수심에 문묘종사를 도탄에 빠뜨려서는 안 될 줄로 아옵니다.

효종 때를 만나 요동을 회복하고, 오랑캐와 맺은 군신의 예를 끊고자 할 뿐, 여기에 사사로운 복수심 따위는 없소. (사이) 나를 도와주시오.

노대신 도와 드리기 위해 이 자리에 온 것입니다. 전하의 역사에 오점을 남기지 마소서.

효종 쪽의 무장이 말을 놓지 못하고 머뭇거리는 사이, 노대신 쪽의 무장은 몇 개의 말을 날카롭게 움직인다. 효종에게 불리한 기세이다. 효종, 심각하게 생각에 잠긴다. 효종 쪽의 무장은 말을 움직이려다 멈춘다. 무장은 뒤로 물러서서 하명을 기다리듯 허리를 숙인다. 노대신, 효종에게 함을 내민다.

효종 (함을 조용히 응시한다)

노대신 정치의 요는 타협이고 조율입니다. 그걸 놓치면 파국으로 갈 수밖에 없습니다. 전하께서도 만족하시리라 생각하옵니다. (모래시계를 뒤집어 놓고서) 이 모래가 다아 떨어지면, 신 전하의 하교를 받고자 오겠습니다.

노대신 퇴장한다. 효종, 함을 열어본다. 그 안에는 책이 한 권 들어 있다. 효종, 찬찬히 책장을 넘긴다.

인조 뭘 하는 게야! 반란군이 코앞에 왔는데 도망을 치든지 싸우든지 결단을 내려야지.

책을 보던 효종, 그의 시선이 책의 한 페이지에 고정된다. 벽 쪽에 칼을 치켜든 군사들의 그림자가 보인다. 위기감을 부르는 요란한 북소리. 인조, 안절부절하여 망원경으로 주위를 살핀다.

인조 주상! 놈들이 온다, 놈들이 와! 어여 자리를 피해라!
효종 (침착하여) 대궐 문을 닫아라.
소리 대궐―문을―닫아라―.

무대, 문이 닫히는 것처럼 어두워진다.

효종 대궐의 군사들은 내 명을 기다리라.
소리 대궐의―군사들은―어명을―기다리라―.

효종, 시선을 다시 책에 고정시킨다.

인조　　지금 왕위가 왔다 갔다 하는데 책은 뭔 놈의 책! (불현듯) 저 책은 뭐냐, 뭔데 주상이 저러느냐?

사관　　전하에 관한 기록입니다.

인조　　내 기록? 내가 뭘 어쨌다고? (사관이 말이 없자) 주둥이가 굳었느냐? 대체 저기에 뭐가 있기에 주상이 저러느냐? 말을 해라, 말을!

사관　　(인조가 무대로 나가려 하자) 현세에 관여해서는 안 됩니다. 영계의 불문율입니다.

인조　　비켜라!

사관　　보시면 안 됩니다.

인조　　비키지 못할까!

사관　　(막아서며) 불가하옵니다. 임금이라 해서 영계의 법도를 어길 수는 없습니다.

인조　　종묘사직이 풍전등화다. 날 막으면 니놈도 역적이다!

인조, 사관이 비켜서지 않자 사관의 책을 빼앗는다. 인조, 책을 태울 기세다. 효종, 넋이 나간 표정으로 책을 떨어뜨린다.

사관　　저, 전하!

인조　　살아서도 종이 쪼가리에 목숨을 걸더니, 죽어서도 보물단지. 이게 타버리면 니놈이 어찌 되나 보자.

사관   전하께서 보신다 무슨 소용이 있겠습니까? 고정하옵소서.

인조, 사관을 밀치고 무대로 나간다. 그는 바닥에 떨어져 있는 책을 펼쳐 본다. 사관, 안절부절이다. 책을 보던 인조의 표정이 굳어진다. 순간 인조, 기함을 내지르며 눈을 감싼다.

인조   누, 눈이 탄다. 눈이 불에 탄다! 눈이 탄다!

징 소리 들려오면서 암전된다.

제2장

미닫이문이 닫혀져 있어 위패와 제사상은 보이지 않는다. 인조, 눈을 감싼 채 엎드려 있다. 그 옆에 사관이 서 있다. 인조의 앞에 금관조복(金冠朝服)을 입은 사람들의 모습이 보인다. 그들은 홀(笏)을 들고 있다. 대신들, 명을 기다리듯 허리를 숙이고 있다.

금관조복1 (즉위교서를 읽는다) 조선 개국 231년, 서기 1623년 3월 12일. 혁명군은 조선왕조 15대 임금 광해군을 왕위에서 축출한다. 혁명의 명분은 다음과 같다. 첫째, 선왕 선조 대왕을 독살하고, 형과 아우를 죽이고 어머니를 유폐시킨 죄. 둘째, 과도한 토목공사로 민생을 도탄에 빠트려 정사를 위태롭게 한 죄, 셋째, 대명사대를 하지 않고 두 마음을 품어 오랑캐한테 항복한 죄. 이에 혁명군은 선조 대왕의 다섯째 아들이자 인빈 소생인 정원군의 맏아들 능양군 이종(李倧)을 조선의 새로운 국왕으로 추대한다.

대신1, 2, 3, 인조에게 허름한 곤룡포를 입히고 익선관을 씌운다. 인조, 가까스로 눈을 뜨고 두려움에 젖어 주위를 둘러본다.

인조 여, 여기가 어디냐?

사관 오늘은 전하께서 광해군을 내치시고 왕위에 오르신 날입니다.

인조   (영문을 몰라) 내 죽어서 혼령이 된 게 언제인데, 그게 무슨 말이냐?

금관조복2   주상은 혁명 정부의 국정 방향을 만방에 공표하시오.

인조   (머뭇거리다가, 어느 순간 기억의 실타래가 풀리듯) 나는 광해군으로 인해 훼손된 대명사대의 예를 굳건히 세워 나라의 번영을 이룰 것이다. 명나라는 왜적의 침입으로 강산이 유린되고 있던 조선에 원군을 파병하고 임진왜란을 승리로 이끌었다. 이제 우리가 그 은혜에 보답할 때가 왔다. 명나라는 오랑캐의 침략으로 나날이 국운이 쇠퇴하고 있는바 우리는 충심으로 오랑캐를 물리쳐 황제의 나라 명나라를 보필해야 한다. 이는 삼강오륜의 군신유의(君臣有義)에도 어긋남이 없는바 만방에 공표할 나라의 국시다. 조선의 모든 백성은 나를 중심으로 굳게 뭉쳐 기필코 오랑캐를 멸망시키고 대명사대를 다해야 할 것이다.

금관조복3   (옥새를 건네며) 새 주상은 옥새를 받으시오.

인조, 옥새를 받으며 금관조복들을 뚫어져라 쳐다본다. 인조, 기억이 가물거리는지 고개를 갸우뚱거린다.

금관조복4   이것으로 왕권은 혁명 정부가 인수했소.

인조   (그제서야 알아보고) 오라, 이제 보니 저자들은 나랑 혁명한 공신들이구먼. 지금쯤은 땅속에서 백골이 삭았어야 마땅한데, 어찌 저리도 생생한고?

인조, 신기한 듯 금관조복들을 쳐다본다. 금관조복들, 벽 쪽 미닫이로 퇴장한다. 대궐 모형에 '淸'이라 쓰여있는 깃발이 꽂힌다.

인조   (깃발을 보며) 저, 저건 또 뭐냐?

사관   호란입니다. 병자년 1636년 청나라가 쳐들어왔습니다.

대신들, 인조를 거칠게 붙잡고 이리저리 끌고 다닌다.

인조   놔라, 이놈들아! 내가 왕이다!

대신1   절을 하십시오.

인조, 얼떨결에 무대 뒤쪽으로 절을 한다.

대신2   (무대 앞을 가리키며) 그쪽이 아니라 이쪽입니다. 이쪽이 청나라 황제가 있는 곳입니다.

대신3   이제 청나라와 조선은 군신의 예를 맺습니다. 어서 하십시오.

인조   못한다! 죽었으면 죽었지 그렇게는 못 한다!

사관   (책을 내보이며) 여기에 남한산성에 1만 3천의 군사로 진을 치고 버티다 45일 만에 항복하여, 전하께서 삼전도에서 청 태종한테 절을 했다는 기록이 있습니다.

인조, 별수 없이 절을 한다.

대신1   소리가 작습니다.

대신2   삼배구고두례(三拜九敲頭禮)를 하셔야 합니다. 삼배구고두례라 함은 한 번 절을 할 때마다 세 번 머리를 땅바닥에 부딪치는 것을 세 번 하는 것을 말합니다.

대신3   이때 주의할 점은 땅바닥에 머리를 부딪칠 때마다 소리가 크게 나야 한다는 겁니다.

대신1   어서 하십시오.

인조, 절을 하지만 소리가 나지 않는다. 대신들은 강제로 인조를 붙잡고 절을 시킨다. 대신들, 소리가 크게 나도록 인조의 머리를 붙잡고 바닥에 부딪뜨린다.

인조   아이고! 그만해라. 옥체 상한다.

대신1, 인조의 이마에 피를 묻힌다.

대신1   이래야 그럴 듯합니다.

대신2   계속하십시오.

인조, 절이 끝나자 거친 숨을 쉬며 뒤로 나자빠진다.

사관	조선은 명나라와의 왕래를 끊고, 청국의 명나라 정벌 시 군사를 지원하기로 합의했습니다. 삼전도에 청나라의 승전을 기념하는 대청황제공덕비가 세워졌습니다.
인조	꿈에도 생각하기 싫은 일이거늘, 니가 내 염장을 지르려 작정을 했느냐!
사관	(책을 들어 보이며) 전하의 역사에 기록된 대로, 한 치의 어 김없이 진행할 따름입니다. 소현세자와 세자빈, 봉림대 군, 결사 항쟁을 주장하던 척화파 대신들이 청국으로 끌 려갔습니다.
인조	(익선관과 곤룡포를 벗어 던지면서) 니놈이 날 욕 뵈려는 게냐?
사관	이건 전하의 역사입니다.
인조	뻔히 아는 일을 이제 와 들먹이는 건 무슨 수작이냐?
사관	전하께서 자초하신 일이십니다. 영계의 불문율을 깨셨 습니다. 영문이 열릴 때까지는 돌아가실 수 없습니다.
인조	여기 있을 시간 없다. 내 역적놈 등판에 대침을 꽂을 것 이야.

인조, 나가려는데 대신들 그를 막아서며 들어온다.

인조	니놈들은 뭐냐?
대신1	국문을 하셔야 합니다.
인조	너희들이 알아서 해라.
대신2	촌각을 다투는 문제입니다.

대신3	광해군에 관한 것입니다.
인조	(순간 긴장하여) 광, 광해군!

선비, 끌려 들어온다. 인조, 긴장한 표정으로 선비의 움직임을 쫓는다. 의자가 마련된다.

대신2	직업은 선비로 어릴 적 부모를 여의고, 홀로 독학한 자로 양반이기는 하나 가문이 쇠하고 과거에 떨어져 궁핍하게 살고 있는 자입니다.
대신1	폐위된 광해군한테 편지를 보내려 했습니다.
인조	(의자에 앉으며, 선비에게) 그자한테 편지를 보내려 했다고?
선비	그렇소.
인조	(조심스럽게) 무슨 연유로 편지를 썼는고?
선비	이 나라를 구해달라고 썼소.
인조	그게 무슨 소리냐? 이 나라를 구해 달라니?
선비	지금의 임금이 보위에 오르고 우리는 정묘년과 병자년에 청나라의 침입을 받았소. 병자년에는 싸움 한 번 못해 보고 항복하고 애꿎은 백성들만 죽어 나갔지. 이는 청나라를 자극해 화를 자처한 것이요. 외교 정책의 실패요. 그런데도 임금은 지금도 청나라를 오랑캐라 하며 하루가 멀다 하고 시비를 걸고 있으니 이러다 또 전쟁이 난다면 이번엔 백성의 씨가 모두 말라버릴 것이오.
대신2	이런, 무엄한 놈!

대신3	능지처참으로 다스려야 합니다.
인조	편지를 읽어 봐라.
대신1	(편지를 읽는다) 광해군 전하 보시오. 현재의 조선은 왕실의 정통성을 상실한 반란의 수괴가 임금이 되어 나라를 파탄으로 몰아가고 있소.
인조	내가 반란 수괴라고?!
선비	그렇소.
인조	그렇담 연산군을 축출하고 왕위에 오르신 중종 임금께서도 반란의 수괴더냐?
선비	어찌 폭군 연산군을 현군 광해군에 비할 것이며, 중종 임금을 지금의 임금에 비할 수 있소!
인조	이미 반정은 성공리에 끝났고, 새로운 임금이 보위에 올랐는데 폐위된 광해군을 운운하는 건 무슨 수작이냐!
선비	반정의 명분이 무엇이오?
인조	니놈은 선비라면서 그걸 모른단 말이냐? 광해군은 패륜아로 자신의 형제를 죽이고.
선비	(말을 막으며) 임금의 말로 치면 왕자의 난을 일으킨 태종 임금도 패륜아요? 조카를 죽이고 왕이 된 세조 임금도 패륜아요? 그렇담 이 나라 왕실은 패륜의 온상이오?
대신1	닥쳐라! 여기가 왕실 족보 따지는 데냐!
인조	광해군은 패륜아가 분명하다. 지 어머니까지 내쫓았다.
선비	아홉 살이나 어린 계모였소.
인조	계모는 어머니가 아니냐?

선비　　광해군이 인목대비를 죽이지 않은 것이 죄라면 죄요. 죽이자는 상소를 물리치고 살려둔 것도 패륜이요?

대신1　이런 자가 선비라니 나라의 앞날이 걱정입니다!

대신2　이 자의 스승을 잡아 능지처참하고, 모든 서당에 감찰관을 파견해 철저한 충효 교육을 지도하겠습니다.

인조　　그렇다면 대명사대 반청북벌을 국시로 삼은 것은 어떻게 생각하느냐?

선비　　(실없이 웃는다) 임금, 정신 차리시오. 명나라가 원군을 파견한 건 지 나라로 전쟁이 번질까 먼저 선수를 친 것뿐이외다. 왜적이 조선 땅을 빌어 명나라를 정벌한다 하지 않았소. 여기에 무슨 의(義)가 있소이까. 다 망해가는 나라에 무슨 미련이 그리 많아 명나라한테 독립할 기회를 놓치고, 헛된 북벌로 백성을 모두 죽게 하려는 임금을 보면 그저 통탄 통탄할 뿐이외다. 용상에 눈이 멀어 현군을 내쫓고 또다시 외세에 나라의 운명을 빼앗겼으니 무슨 면목으로 열성조를 뵈려 하시오.

인조　　열성조를 뵈면 내가 뵈지 니놈이 뵈냐! 왕실은 내가 책임진다.

선비　　언젠간 세자도 임금의 죄를 알 것이오.

인조　　이 역적놈! 여기에 세자가 웬 말이냐!

대신1　편지 계속 읽습니다. (편지를 읽는다) 더 이상 지체해서는 안 되오. 대역죄인 능양군을 죽이고 다시 보위에 오르시오.

인조　　(까무러치게 놀라며) 날, 날 죽이고 보, 보위에 오르라. 날 죽이고!

대신1 (편지를 읽는다) 광해군 전하께서 뜻을 품으신다면 조선의 우국지사들 기꺼이 목숨을 바칠 것이오.

인조 ……!

선비 그 길이 역사가 바로 서고 나라가 사는 길이외다!

인조 당장 저놈을 참수해라!

선비 내가 죽는다고 임금의 죄가 없어지는 것은 아니지. 명심하시오. 반드시 대악무도한 무력 반란은 역사의 심판을 받을 것이오.

대신들, 선비를 끌고 퇴장한다. 인조, 격분해 무대를 서성인다.

인조 이 자가 지금도 꿍꿍이를 부리는 게야. 날 죽이려고 술수를 부려. 그자가 어디 있느냐?

사관 (책을 뒤적이고서) 제주도에 있습니다. 전하께서 유배를 보내셨습니다.

인조 건강하냐? 죽을 기미는 없느냐?

사관 (책을 보고서) 건강합니다. 족히 환갑은 넘길 것 같습니다.

인조 광해란 이름만 들어도 식은땀이 난다. 얼굴을 떠올리면 소름이 돋는다. (사이, 심각하게) 너도 그렇게 생각하느냐? 내가 권력에 눈이 멀어 현군을 내쫓고 왕이 됐다고 보느냐?

사관 (책을 뒤적이고서) 현재 제 기록을 보면 아직까진 전하의 반정에는 명분이 있습니다. 허나 후대에는 아까 선비가 말했던 것처럼 다른 측면으로 평가될 가능성도 배제할 수는 없습니다.

인조 광해는 내 동생을 죽인 원수다! 그 착하디착한 놈을 역적으로 몰아 죽였어. 내 가슴에 칼을 꽂고, 피눈물을 흘리게 한 게 그자다. 권력에 눈이 먼 건 내가 아니라 광해다. 자기 형제를 살육하고 거기다 계모긴 해도 어머니를 내쫓았다. 그자가 용상에 있었다면 왕족이란 왕족은 씨가 말랐을 것이야. 그뿐이냐? 만주에서 말 타고 노략질이나 하는 여진족들한테 강홍립을 시켜 화친하고, 황제의 나라 명나라를 배신했다. 명명백백한 이적 행위다. 근데 이런 죄를 저지른 광해는 현군이고 왜 나는 반란 수괴냐?

사관 그 일은 후대에서 판단할 일입니다.

인조 제거했어야 했는데, 죽였어야 했는데, 방법이 없을까? 사약을 내릴까? (곰곰이 생각을 하다가) 아니야, 그건 안 되지. 청나라 놈들이 광해 원수 갚는다고 쳐들어왔는데 그랬다간 나라가 망하지. 쥐도 새도 모르게 제거할 방법이 없을까. 그자가 살아있으면 왕좌도 불안하다.

인조, 대궐 모형 앞에 앉는다. 병사 모양의 말들을 이리저리 움직여 본다.

인조	제주도가 어느 쪽이냐?
사관	(대궐 모형의 한쪽을 가리키며) 이쪽입니다.
인조	(병사 모양의 말을 그쪽으로 모두 모은다) 됐다.
사관	군사를 한 곳으로만 모으면 도성 방어에 허점이 생깁니다.
인조	(안도의 한숨을 쉬고) 광해군이 역적 놈들하고 서울로 북진을 해도 이만하면 충분히 막을 수 있을 것이야. (조심스러워) 내가 군사 옮겼다는 건 쓰지 마라. 칼을 가져오라.

사관, 인조에게 칼을 건넨다. 인조, 칼을 품에 안는다.

인조	쉬어야겠다. 심신이 고단하다.
사관	(책을 들춰보며) 아직 가셔야 될 길이 멉니다.
인조	쉬었다 가자. 내가 태조대왕처럼 나라를 세운 것도 아니고 세종대왕처럼 공이 많은 것도 아닌데 급히 가서 뭘 하겠느냐? 내 역사가 하루쯤 쉰다고 달라질 것도 없다. (눈을 감는다) 세자는…… 잘 지내느냐?
사관	(책을 보려다가 그만둔다. 인조를 살피다가) 아무 심려 마십시오. 잘 지내고 있습니다.
인조	거짓말 마라. 패전국 왕자 신세가 뻔한 일이지…… 머나먼 이국땅에서 오랑캐들한테 얼마나 시달리고 있겠는고. 조롱당하고, 천대받고, 밥은 제대로 먹기나 하는지…… 애비가 못 나서 지 자식 하나 지키질 못하는구나.

인조, 꾸벅꾸벅 졸기 시작한다. 무대 차츰 어두워진다. 잠시 후, 인조를 부르는 '전하'라는 소리가 들려온다. 소리 몇 번 더 반복해 들려오면서 점차 뚜렷해진다. 환관, 급히 뛰어 들어온다.

환관　　전하! 전하!

인조　　(칼을 빼어 들고 우왕좌왕하면서) 광, 광해다! 광해가 왔다! 군사들은 뭘 하느냐!

환관　　전하, 세자 저하께서 석방되셨다고 하옵니다. 지금 돌아오고 계시다고 합니다.

인조　　세, 세자가! (사관에게) 사실이냐?

사관　　(책을 보며) 청나라가 세자와 세자빈의 영구 귀국을 허락했습니다. 명나라는 자멸하고, 청국이 중국을 통일했습니다. 이젠 세자를 잡고 있을 필요가 없어졌습니다.

인조　　드디어 세자가 오는구나! 세자가 온단다.

대신들, 상복을 입고 울면서 들어온다.

인조　　니네들은 뭘 하는 게냐?

대신 일동　　전─하─!

대신1　　대국 명나라가 망했습니다.

대신2　　하늘이 울고 땅이 통곡할 일입니다. 황제의 나라가 망했습니다.

대신3　　황제 폐하! 우리를 두고 그렇게 가시다니요. 아이고. 아이고.

대신들, 통곡을 한다.

인조　곡을 멈추고 세자 맞을 채비를 해라. 내 아들이 온다.

대신2　세자가 오더라도 할 건 해야 되는 게 도리입니다. 적어도 일주일은 곡을 해야 합니다.

대신1　일주일이라니! 부모가 죽어도 삼 년인데 못해도 오 년은 해야 되지.

대신2　오 년 동안 곡을 하라니 그 무슨 당치 않은 말인가? 우리가 대국의 멸망을 충심으로 슬퍼하며 이렇게 예를 올렸으니 알맞게 하고 물리는 게 정도요.

대신1　어허! (몸을 세우며) 아무리 세상이 오랑캐 천지가 됐다고 이 동방예의지국에서 그럴 수는 없어!

대신2　어허! (몸을 세우며) 오 년 동안 대신들이 곡을 하면 정치는 누가 합니까? 이는 나라의 안녕을 위협하는 불충무도한 발언이외다!

대신1　어허! (몸을 좀 더 세우고) 불충무도라니! 당연히 할 것을 해야 한다는데 웬 말이 그리 많은가! 과거에 비리가 없고서야 어찌 이런 자가 과거 붙고 대신이 됐노!

대신2　어허! (몸을 좀 더 세우고) 비리라니! 내가 일등으로 과거 붙은 거 세상이 다 알아. 백성이 모두 굶어 죽어야 과오를 뉘우치려는가!

대신1	어허! (벌떡 일어선다)
대신2	어허! (벌떡 일어선다)

그들은 서로 멱살이라도 잡을 것 같은 분위기다.

대신3	체통을 지키시오, 대감들. 이러면 국론이 분열됩니다. 우리, 다수결로 합시다.

그들의 싸움이 격해진다.

환관	세자 저하 도착 30초 전!
인조	이놈들아, 시끄러워! 나가서 싸워. 부자상봉 방해 말고!

대신들, 인조의 눈치를 보다가 곡을 하면서 나간다.

인조	(옷맵시를 이리저리 고치면서) 어떠냐?
사관	군왕의 품위가 넘치십니다.
환관	20초 전!
인조	8년 만의 부자상봉이라 가슴이 설렌다.
환관	10초 전!
인조	무슨 말을 해야 되나. 허허, 부자상봉 첫 대면에 무슨 말을 할꼬.

인조는 안절부절이다. 그러나 기쁨과 기대에 따른 몸짓이다.

환관　　세자 저하, 듭시오!

인조, 뛰어나갈 것 같다가 순간 표정이 굳어지면서 지엄해진다. 소
현세자와 세자빈 들어온다.

소현세자　아바마마! 불효자 이제야 돌아왔나이다.

소현세자와 세자빈 절을 한다.

인조　　（소현세자를 한 번 힐끗 보고는） 잘 다녀왔느냐?

소현세자　예. 옥체 강령하옵신지요?

인조　　나는 탈 없이 잘 지냈다. 아픈 데는 없고?

소현세자　아버님께서 내리신 하해와 같은 성은에 소자 건강히 지
　　　　　냈습니다.

인조　　며늘아기도 괜찮고?

세자빈　예, 상감마마.

인조　　봉림은 어떻게 지내는고?

소현세자　봉림의 학문과 무예가 나날이 출중해지고 있습니다. 봉
　　　　　림이 돌아온다면 왕실은 천군만마를 얻는 것과 진배가
　　　　　없을 것입니다. 봉림도 머지않아 돌아올 것이니 과히 심
　　　　　려치 마십시오.

인조   그래. 다들 편안하다니 됐다. 수고했다. 가서 쉬거라.

소현세자와 세자빈, 나간다.

인조   (나가는 모습을 확인하고서) 어땠느냐? 위엄이 있드냐?

사관   예, 전하.

인조   너무 쌀쌀맞게 군 게 아닌지 몰라. 8년 만의 부자상봉인데, 얼굴도 제대로 못 봤어. 허지만 부자 이전에 왕과 세자니 위엄을 지키는 건 당연지사. 세자한테 당당한 아비의 모습을 보였으니 이만하면 됐다.

사관   왕과 세자의 관계를 떠나 천륜인 부자간입니다. 오늘 같은 날은 솔직한 심정으로 부자상봉을 한다 해도 흠잡을 사람 없습니다.

인조   모르는 소리. 세자는 나 죽으면 왕이 될 몸. 지금부터 잘 가르쳐야 한다. 군왕의 위엄을 가르쳐야 돼. (흐뭇하게 웃는다) 세자한테 어느새 군왕의 풍모가 넘치는구나.

사관   세자의 나이 이미 서른셋입니다.

인조   예순 먹은 아들도 아흔 먹은 애비한텐 갓난애로 보이는 법이다. 세자가 누구냐? 내 뒤를 이어 왕이 될 몸이다. 오랑캐를 쓸어버리고 삼전도의 치욕을 갚아 줄 제왕이야. 이제사 두 발 뻗고 잘 수 있겠구나. 오랜만에 살맛이 난다.

금관조복들, 벽 쪽 미닫이로 들어온다.

인조   (긴장하여) 조정 일도 바쁠 텐데 여긴 어인 일들이시오?

금관조복1   세자가 돌아왔소, 주상.

인조   지금 막 부자상봉을 했소이다.

금관조복2   이제 논공행상(論功行賞)으로 세자의 잘잘못을 가려야 할 것이오.

인조   세자의 공이라면 청나라에서 건강히 돌아와 이 애비의 근심을 일소시킨 것일 테고…… 세자의 잘못이라니 그건 무슨 말이오?

금관조복3   세자는 천주학을 유포하는 서양 선교사와 지속적인 접촉을 해왔소. 이는 사문난적(斯門亂賊)과 다를 것이 없소.

금관조복4   무엇보다도 묵과할 수 없는 사실은 세자가 국시에 어긋난 친청(親淸) 활동을 했다는 것이오.

인조   (두려움에 젖어) 친, 친청 활동이라니?

금관조복4   이미 여러 차례 보고된 사안이오.

인조   당, 당치 않소! 세자를 음해하려는 헛소문일 뿐이외다.

금관조복3   우리가 무엇 때문에 혁명을 했는지 잊지 마시오.

인조   잊을 리가 있겠소.

금관조복2   대명사대 반청북벌을 위해 우리가 일어섰소.

인조   내 분명히 말하지만, 세자는 반드시 북벌의 과업을 이룰 것이오. 나를 믿으시오. 경들의 말은 내 잘 새겨 두리다.

금관조복2   우리의 혁명을 욕되게 하지 마시오.

인조 심려 마시오. 내 세자한테 사실 여부를 확인해 보리다.

금관조복1 세자를 눈여겨볼 것이오.

금관조복들, 벽 쪽 미닫이로 나간다.

인조 (그들이 나간 것을 확인하고서) 사문난적! 국시를 위배하고 친청을 해! 7살 때 대학을 읽고 정묘호란엔 의병을 모으고 남도의 민심을 수습한 게 세자다. (분에 겨워) 저놈들 조상은 중국 놈이냐? 입만 열면 대명사대구나.

사관 전하께서는 저들의 피로 왕위에 오르셨습니다. 피할 수 없는 업보입니다.

인조 업보라면 치를 만큼 치렀다. 내가 부귀영화를 주었고, 권력을 주었다. 조정이 저놈들 앞마당이 아니냐? 그런데도 부족하단 말이냐. 내가 삼전도에서 이마 깨질 때 입 씻고 뒷전에 숨은 놈들이 저놈들이다. 나 하나 갖고 안 되니까 이제는 내 아들놈까지 말아먹으려는 수작인 게야. (사이) 안 되겠다. 세자한테 가 보자. 사방이 적뿐인데 세자를 보호할 수 있는 건 이 애비뿐이다.

인조와 사관, 대궐 모형에 다가간다.

인조 (대궐 모형의 한 귀퉁이를 들여다보며) 여기가 동궁이렸다.

무대에 소현세자 책을 읽고 있는 모습이 보인다. 그 옆에 망원경과 화포, 몇 권의 책이 놓여있다.

인조   (기뻐서) 봤지? 세자를 봐라. 먼 길 돌아온 게 오늘인데, 밤을 지새며 책을 읽고 있지 않느냐? 장한지고. 역시 내 아들이로다.

인조, 흐뭇하여 웃는다.

인조   이건 무엇이냐?

사관   천리경이라 합니다. 후대에는 망원경이라 불리우는 물건입니다.

인조   (신기한 듯 이리저리 살펴보고) 어디에 쓰는 것인고?

사관   멀리 있는 것을 볼 때 쓰는 것으로 이것으로 들여다보면 멀리 떨어져 있는 것도 코앞에 있는 것처럼 보입니다.

인조   오라, 이걸 활에 매달아 쏘면 오랑캐 눈알도 맞추겠구나. 세자가 이걸 가져온 것은 군비를 현대화하려는 뜻이다. 저 대포도 마찬가지고 저 책들도 같은 뜻이다. 북벌을 위한 준비야. (어이가 없어) 근데 저런 세자를 두고 사문난적에 친청을 했다고.

세자빈, 들어온다.

세자빈 밤이 깊었습니다. 침소에 드시지요.

소현세자 8년 만의 귀국이에요. 할 일이 많습니다. 이제부턴 내가 아바마마를 보필해야 합니다. 그러려면 밤을 지새우고 공부를 해도 부족합니다.

세자빈, 길게 한숨을 내쉰다.

소현세자 (세자빈을 살피며) 웬 한숨입니까? 무슨 근심이라도 있으세요?

세자빈 (잠시 머뭇거리다가) 아까 상감마마 표정 말씀입니다. 혹 우리 내외한테 무슨 오해라도 있으신 게 아닐런지요?

소현세자 무뚝뚝하셔서 실망하셨습니까? 아버님은 그런 분이시랍니다. 좀체 감정을 내색하지 않으시지요. 아버님은 내 아버님 이전에 왕실과 종묘사직의 주인이십니다. 군왕의 체통은 설사 죽은 자식이 살아왔다 해도 흔들려서는 안 되는 겁니다. 내게 훈계를 하신 겁니다. 그건 그렇고, 빈궁. (망원경을 보이며) 이걸 아버님께 드리려는데, 어떨까요?

세자빈 청나라 물건을요? 마옵소서. 괜한 노여움을 사실까 두렵습니다.

소현세자 (호탕하게 웃고서) 빈궁이 아버님을 알려면 아직도 멀었구려. 하기사 아녀자가 어찌 부자의 의리를 알겠습니까? 아버님은 아실 것입니다. 천리경에 담긴 내 맘을 말입니다.

인조 (사관에게) 들었느냐? 들었느냐니까?

사관　　　모두 기록했습니다.

인조　　　(감동하여) 이 애비의 마음을 아는 건 세자뿐이다. 아암, 그렇고말고. (기뻐서) 풍악을 올려라! 내 아들이 돌아왔다! 조선의 왕세자가 왔다!

풍악에 맞춰 무희들 춤을 춘다. 인조, 무희들의 춤에 신이 났다. 잠시 후, 무희들 물러난다. 인조는 의자에 지엄하게 앉아있고 그 옆에 소현세자와 사관이 서 있다. 대신들 고개를 조아리고 앉아있다. 대궐 모형의 양옆에는 무릎을 꿇고 있는 문무백관들의 모형이 놓여 있다.

인조　　　오늘 모든 문무백관을 한 자리에 부른 것은 청국에서 세자가 돌아왔음을 알리고, 내 아들이야말로 왕실의 정통을 지닌 명실상부한 왕세자임을 만방에 공표하기 위함이다. 모든 대소신료들은 세자를 충심으로 보필해 왕실과 종묘사직을 굳건히 하라!

대신 일동　명심하겠나이다.

인조　　　(세자에게) 너를 위한 자리다. 저들을 격려해 주거라.

소현세자　(대신들과 문무백관의 모형을 둘러보고서) 세계는 급변하고 있습니다. 불과 백 년 전만 해도 우리들이 야인(野人)이라 천대했던 자들이 지금은 중원을 통일하고 제국을 세웠습니다. 그들 나라는 서양의 최신 문물과 과학이 자유롭게 소통해 갈수록 강성해지고 있습니다. 임진년 조총을 들고 전쟁을 일으켰던 왜인들도 서구 문물과 과학을 받아들여 국력을 신장하는데 박차를 가하고 있습니다. 또한 서양의 여러 나라들이 배를 띄어 새로운 대륙을 발견하고 무역을 왕성히 해 강대국으로 도약하고 있습니다. 이럴 때 우리가 뒷짐만 지고 있는다면 야인도 왜인도 우리를 앞서가게 될 것이고, 우리는 세계의 중심에서 도태될 것입니다. 대신들은 들으십시오! 변하지 않으면 조선에 미래란 없습니다. 먼저 그대들이 변해야 합니다. 마음을 열고 이 세상을 보십시오. 나라의 앞날을 위해 무엇이 충정인지 생각하십시오. 우리에게 필요한 건 개혁과 변화입니다. 그것만이 이 나라가 사는 길입니다. 왕실과 종묘사직의 미래는 경들의 손에 달려 있습니다.

인조   (박수를 치며) 감동적인 말이로다. (대신들을 가리키며, 사관에게) 근데 저자들은 왜 저리도 찜찜한 표정인고?

사관   세자의 말을 해석하느라 분주합니다.

인조   그냥 들은 대로지 해석은 뭔 놈의 해석. (세자에게) 니가 가져 온 것들을 보여다오.

소현세자, 천리경과 화포 등을 펼쳐 보인다.

인조   (망원경을 가리키며) 이게 무엇인지 아느냐? 이름하여 천리경이라 한다. 이것으로 보면 멀리 있는 것도 가까이 보인다. (인조, 망원경으로 대신들을 둘러본다)

대신들, 인조의 행동에 어리둥절하다.

인조   너희들도 한 번 보거라.

인조, 대신들에게 망원경을 건넨다. 대신들, 망원경으로 사방을 둘러보면서 탄성을 지른다.

인조   너희한테 천리경을 보인 것은 세상이 어떻게 돌아가고 있는지를 깨닫게 하려 함이다. 이미 오랑캐 나라에도 이처럼 신기한 것들이 널리 퍼져 있거늘 하물며 오랑캐를 정벌할 문명국 조선에는 천리경은커녕 백리경도 없다. 한탄한 일이로다. 우리는 천리경보다 뛰어난 만리경을 만들어야 한다. 그것이 북벌을 이루는 길이로다. (대신 한 명이 천리경을 떨어뜨리자) 저런 육시랄 놈!

인조, 대신에게 망원경을 빼앗는다. 망원경의 흠집을 조심스레 살펴보고 소현세자에게 건넨다.

소현세자   아바마마께서 쓰시옵소서.
인조   내가?
소현세자   아바마마께 드리는 선물입니다.
인조   선물이라? (기분 좋게 웃는다)

인조, 망원경에 줄을 매고 목걸이처럼 목에 건다.

인조　　다음으로 넘어가자.

선비들, 들어와 앉는다. 과거 시험을 볼 준비를 한다.

인조　　세자가 무사 귀환한 기념으로 특별 과거를 실시하는바 너희들은 평소 갈고닦은 실력을 유감없이 발휘해 조국 번영의 토대가 될지어다.

선비 일동 성은이 망극하옵니다.

대신1　　논제를 내리시지요.

인조　　뭐가 좋을까? (곰곰이 생각을 하다가 세자를 쳐다본다. 문득) 폭군 광해군을 몰아낸 반정의 역사적 의의를 논하라.

대신1　　시험의 논제는 폭군 광해군을 몰아낸 반정의 역사적 의의를 쓰는 것이오. 시작하시오.

선비들 글을 쓴다.

인조　　(세자에게) 논제를 어떻게 생각하느냐?

소현세자　　현군은 역사의 잘잘못을 가려 그릇된 것을 일깨우고 역사를 바로 세워야 하는 줄로 압니다. 현명하신 논제십니다.

인조, 만족스러운지 고개를 끄덕인다. 인조, 망원경으로 시험을 보는 선비들을 지켜본다. 불법 행위를 감시하는 것 같다.

인조 (사관에게) 광해한테 편지를 썼던 역적 놈을 기억하느냐? 그놈은 내가 왕실의 정통이 없는 반란의 수괴라 했다. 광해가 뜻을 품는다면 조선의 우국지사들 기꺼이 목숨을 바칠 것이라 했어. 오늘 그것을 시험해 볼 것이야.

사관 ……!

인조 세자도 한 번은 넘어야 될 고개다.

사관 그러다…… 뜻하지 않은 일이라도 생기면 어찌시려 하십니까?

인조 (표정이 어두워진다. 애써 자신감에 찬 모습으로) 이십 년이 지난 일이다. 강산이 변해도 두 번은 변했다. 나도 이만하면 자리를 잡았고, 왕으로 최선을 다했다. 백성들을 믿는다.

잠시 침묵이 흐른다.

대신1 시험이 끝났소. 모두 붓을 놓으시오.

대신1, 답안지를 걷어 인조에게 건넨다. 인조, 다소 긴장한 표정으로 답안지를 펴본다.

인조 (조심스레 답안지를 읽는다) 반정은 대명사대의 의를 바로 잡은 조선 유학의 정체성을 획득한 사건으로 만세에 빛날 것이다. (다른 답안지를 읽는다) 이는 광해군의 패도정치를 몰아내고 왕도정치를 이룩한 후천 개벽과도 같은 것이니……. (안도의 한숨을 내쉬고, 애써 태연하여) 그대들의 학문이 이제서야 빛을 발하는구나. 사직(社稷)의 앞날에 무궁한 영광이 있을 것이로다.

선비 일동 성은이 망극하옵니다.

인조 (자신감에 차서, 대신1에게 답안지를 건네주며) 읽어 보거라. 세자는 잘 듣거라.

대신1 (답안지를 읽는다) 왕의 존재 근거는 덕에 있다. 왕이 속세의 권력과 초월의 권능을 갖지만, 설사 왕이라 해도 인륜의 덕을 위배할 수는 없다. 이는 형제를 살육하고 어머니를 유폐한 광해군을 징벌함으로써 떨어진 인륜을 바로 잡은 역사적 사건으로 기록될 것이다.

인조, 흡족한 듯 기분 좋게 고개를 끄덕인다.

대신1 (다른 답안지를 읽는다) 반정은 그릇된 것을 바로 잡고 유학의 도를 세우는데 그 명분이 있다. 연산군을 몰아낸 중종 임금께서는 그 덕과 자혜로 연산의 폭정에 항거하는 충신들에게 왕으로 추대되셨다. 그러나 광해군을 몰아낸 지금의 임금은…….

인조 계속 읽어라.

대신1 (겁에 질려) 사, 상감마마.

인조 읽어라!

대신1 그러나 광해군을 몰아낸 지금의 임금은 사리사욕에 눈이 멀어 스스로 군사를 일으켜 왕위에 올랐다. 이는, 이는, 명분이 없는 대역무도 군사 반란이다.

대신 일동 대역무도 군사 반란!

인조 이것을 쓴 놈이 누구냐!

선비, 일어선다.

선비 내가 썼소이다!

대신들, 선비에게 달려들어 수색한다.

대신2 (호패를 보고) 이 자는 광해군한테 편지를 보내려다 참수된 자의 제자인 것으로 확인되었습니다.

인조 (경악하여) 그, 그놈의 제자라고! 니놈들이 작당을 하고 나를 능멸하려 하느냐! 반정이 끝난 지 어언 20년이다!

선비 시간이 간다 해서 잘못된 역사가 사라지는 것은 아니지. 감추면 감출수록 썩고 문드러져 반드시 그 추악한 모습을 드러낼 것이오. 산이 바뀌고 해가지나고 대를 이어도 결코 순리를 막을 수는 없소!

대신3 역모의 증거로 답안지를 확보해라!

선비   세자는 들으시오! 그대가 정녕 종묘사직을 생각한다면 역사를 바로잡으시오! 아비의 죄를 씻으시오!

인조   저, 저놈을 끌어내라!

선비   그대가 무사 귀환하신 건 역사를 바로 세우라는 천명이외다!

인조   (격노하여) 뭣들 하느냐! 당장 참하라!

무대, 어두워지면서 인조와 사관의 모습만이 보인다.

인조, 숨이 넘어갈 듯 거친 숨을 내쉰다.

인조   대를 이어도, 대를 이어도!

사관   고정하옵소서.

인조   광해군이다! 이자가 뒤에서 역적 놈들을 조정하는 게야. 지금도 내 목을 노리고 있어. 내 그자를 죽일 것이다!

벽 쪽에 광해군의 그림자와 칼을 치켜세운 자객의 그림자가 보인다. 자객, 광해군을 향해 조심스럽게 다가간다. 자객, 광해군을 칼로 내리치려 한다.

사관   광해군은 죽었습니다.

그림자, 급히 사라진다.

인조　(귀를 의심하여) …… 죽었다고?

사관　(책을 보면서) 4년 전, 1641년에 광해군은 죽었습니다.

인조　(강하게 고개를 저으며) 아니다, 아니야. 죽지 않았어. 내가 죽는 날까지 괴롭힐 것이야. 죽어서도 쫓아올 것이야. 이십 년이 지난 일이다. 이십 년이 지났어. 다 죽인다. 반정의 대의를 의심하는 자는 다 죽일 것이야. 아, 눈이 뜨겁다. 눈이 탄다!

인조, 기함을 지른다. 그는 눈을 가린 채 엉금엉금 무대 뒤쪽으로 기어간다. 사관, 그를 부축한다. 위에서 발이 내려온다. 인조와 사관의 모습이 발을 통해 흐릿하게 보인다.

인조　나는 몸이 아파 정사를 돌볼 수 없다. 모든 결재는 세자한테 맡아라.

의자에 소현세자가 앉는다. 대신들, 들어온다.

소현세자　대신들은 보고하십시오.

대신1　상소문입니다.

소현세자, 상소문을 읽는다.

소현세자　이건 무슨 말입니까? 내가 부자유친을 위배했다니?

대신1　　상소를 쓴 자와 직접 대면하십시오.

유생, 들어온다.

소현세자　그대가 나보고 부자유친을 위배했다고 했는가?

유생　　그렇소이다. 임금이 오랑캐한테 항복하고, 거기다 이마가 짓이겨지도록 절을 했다는 사실은 삼척동자도 아는 일이외다. 세자는 볼모로 잡혀가고도 와신상담해 오랑캐를 초토화시킬 생각은 안 하고 되려 오랑캐의 문물에 관심을 쏟고 친분을 쌓았소. 왕세자라는 신분을 떠나, 아들로서 아버지를 욕보인 철천지원수와 어찌 그럴 수가 있소이까. 이는 필시 부자유친을 위배한 것이오!

소현세자　나는 한 번도 삼전도의 치욕을 잊은 적이 없소. 북벌이 나라의 국시임을 또한 잊은 적이 없습니다. 하지만 모든 것에는 때와 과정이 있는 법입니다. 우선 우리가 할 것은 앞선 것을 배우고, 나라를 개혁해 국력을 키우는 것이오. 나는 청나라에서 선진 문물과 과학을 배웠소. 이 모든 것이 나라를 부국강병케 할 힘이 될 것이오.

유생　　그걸 말이라고 하시오! 조선은 대의명분의 나라요. 우리가 명나라를 부모의 나라로 섬겨왔는데, 부모의 원수 오랑캐를 배우고 그걸로 부국강병을 하겠다니 세상에 이런 망발이 어디 있소이까! 죽었으면 죽었지 오랑캐를 배울 수는 없소이다. 명분을 버리고 부국강병을 할 바에는 차라리 혀를 깨물고 죽는 게 낫소.

소현세자   아직도 내 뜻을 모르겠소?

유생   모르겠소이다. 세자는 종묘사직에 죄를 낱낱이 고하고 석고대죄하시오!

소현세자   그렇다면 하나 물으리다. 폭군도 막아낸 전쟁을 하물며 대의명분으로 무장한 그대들이 막지 못한 까닭이 무엇이오? 두 번이나 온 강토를 피바다로 만들고 임금한테 삼전도의 치욕을 안긴 까닭은 또 무엇인가?

유생   (머뭇거리다가, 발악하여) 죽어도 대의명분! 살아도 대의명분! 이것은 사대부의 생명이오. 이것을 의심한다면 세자라 해도 용서받을 수 없소이다!

대신1   저자를 체포하라!

대신2   죄명은 왕실 모독죄와 모반죄다!

갑사들, 들어와서 유생을 끌어내려 한다.

소현세자   멈추시오! 조선은 언론의 자유가 보장된 나라입니다. (사이) 그대는 들으라. 명분이 우리의 칼과 방패가 되어주지는 않는다. 현실을 외면하는 명분은 나라를 파국으로 이끄는 독에 불과한 것이다. 조선은 변할 것이다. 청나라와 일본이 그랬던 것처럼 우리나라에도 서양의 과학과 서적이 들어올 것이고 서양과의 교역이 있을 것이다. 상업을 육성해 나라를 살찌우고, 언문을 널리 배포해 모든 백성이 글을 알아 스스로 옳고 그름을 분별하게 할 것이며, 만민이 평등한바 서얼 차별의 악제를 없애 능력껏 제 할 일을 하게 할 것이다.

유생 　(엎드려 **통곡한다**) 공자님, 나라에 망조가 들었습니다. 일국의 세자가 한다는 말이 조선이 왜와 오랑캐의 뒤를 밟겠다고 합니다. 거기다가 천하지대본이 농사이거늘 상놈이나 하는 장사를 하고, 중국의 한자를 두고 언문을 쓴답니다. 서얼 차별까지 없애서 이 나라를 난법 천지로 만들려고 합니다. 아이고, 공자님!

소현세자 　조선의 주인은 공자가 아니라 왕실이요.

유생 　이제 우리는 망했다! 아이고.

곡을 하던 유생, 기절한다. 갑사들, 유생을 끌고 나간다.

대신1 　교역에 관한 안건입니다. 오랑캐 상인들이 우리와 교역을 하고 싶다고 합니다.

소현세자 　승낙하세요.

대신1 　(깜짝 놀라) 예?

소현세자 　청과의 원활한 교역이 가능하게 지원하십시오. 일본도 교역을 하고 싶다면 그도 승낙하세요.

대신1 　(당황하여) 왜, 왜놈들도요?

소현세자 　다음.

대신2 　청나라에서 돌아온 환향녀에 대한 안건입니다. 오랑캐한테 몸을 더럽히고도 뻔뻔히 살아 온 환향녀들 때문에 사회 전반에 걸쳐 윤리의식이 흔들리고 있습니다. 특히 환향녀를 아내로 둔 남자들이 이혼을 요구하고 있는데 환향녀들이 응하지 않아서 소동이 일고 있습니다. 국가적 차원에서 이혼 문제를 풀어 주어야 될 것으로 아룁니다.

소현세자 이혼은 불허하오.

대신2 원래 불경이부(不敬二夫)라고 한 여자는 두 남편을 섬기지 않는다고 했는데요.

소현세자 그게 여자의 탓입니까? 나라가 약한 탓이지.

대신2 (슬금슬금 눈치를 보며) 원래 불사이군(不事二君), 불경이부(不敬二夫)는 우리나라 윤리 도덕의 양대 기둥인데요.

소현세자 남자 쪽의 이혼 청구는 거절하나 여자 쪽의 이혼 청구는 승낙합니다. 다음 안건은 무엇입니까?

대신1 없습니다.

소현세자 그렇다면 이것으로 마치겠습니다.

소현세자, 책을 읽기 시작한다. 대신들, 인조에게 몰려간다. 인조에게 무엇이라고 수군거린다.

인조 세자가 뭐라 했다고?

대신1 광해군도 전쟁을 막았는데 대의명분으로 무장한 너희들은 전쟁 하나 못 막았냐고 호통치셨습니다.

대신2 상소를 올렸던 유생은 대성통곡을 하다 혼절했습니다.

인조   광해도 한 걸 왜 못 했냐고, 세자가 그랬다고?

대신3   급격한 사회 변화는 혼란을 야기하고 질서의 붕괴를 가져옵니다.

대신 일동   종묘사직을 굽어살피소서!

인조, 깜짝 놀라 발을 올린다. 망원경으로 소현세자를 본다.

대신1   세자 저하께서 불온한 책을 보고 계십니다.

대신2   광해군일기입니다.

인조   광, 광해군일기! (다급하여) 니가 왜 그걸 보느냐?

소현세자   정책의 개혁을 위해 전대의 국정을 살펴보고 있었습니다.

인조   ……!

소현세자   (놀라운 발견이라도 한 듯) 광해군 때의 조선은 종주국 명나라와 신생국 청나라 사이에서 존립 자체를 위협받고 있었습니다. 그네들은 조선에서 우위권을 확보하려 갖은 압력을 행사했지만 광해군은 어느 한쪽에 편승하지 않으면서도 외교적인 마찰을 일으키지 않았습니다. 더 놀라운 것은 이처럼 주변 정세가 긴박하게 돌아가는 상황에서도 동의보감을 편술하고 신증동국여지승람, 용비어천가, 동국신속삼강행실도 등을 다시 간행하고, 왜란으로 소실된 대궐을 중건하는 문화적 여유까지 보였다는 점입니다.

인조   …… 그래서?

소현세자 광해군의 정책은 나라의 보위와 발전에 중요한 단서를 제공할 것입니다.

인조, 넋을 잃은 듯 멍하니 소현세자를 바라본다.

소현세자 청나라가 중국을 통일했지만, 아직 그 기반이 탄탄치 않아 내정에 관여할 여력이 없습니다. 지금이야말로 개혁의 적기입니다. 소자 생각하옵건대 우선 정책의 개혁을 통해 제도를 쇄신하고 서구와 통상을 하여.

인조 (격노하여) 닥쳐라, 이놈!

소현세자 ……!

인조 광해군이 누구더냐! 니 숙부를 죽인 원수니라! 이 애비의 가슴에 칼을 꽂은 원수다! 이 애비가 쫓아낸 자의 정책을 다른 자도 아니고 니가, 니가 받아들이겠다고?

소현세자 냉정히 생각하여 주소서. 부국강병을 위한 방편일 따름입니다. 지금을 놓치면 부국강병의 기회를 잡기가 어려워질 것입니다. 소자의 충정을 헤아려 주소서.

인조 세상천지가 다 변해도 절대 변할 수 없는 게 있다. 그건 이 애비가 이룬 반정의 대의다. 대명사대를 져버린 광해군의 정책을 받아들이겠다 함은 니놈이 나를 반란의 수괴로 만들려는 게 아니고 무엇이냐!

소현세자 아, 아바마마!

인조 (대신들에게) 뭣들 하느냐! 세자한테 일기를 뺏어라!

대신1　　세자 저하께서 내린 하교는……?

인조　　모두 취소다.

대신2　　즉시 시행하겠나이다.

대신들, 퇴장한다.

소현세자　아바마마!

인조　　동궁으로 가라. 내가 부를 때까지 나오지 마라.

소현세자, 퇴장한다. 인조, 격분하여 서성인다.

인조　　(돌연히) 세자 주위에 불순한 세력이 있다. 세자를 혼미하
　　　　　게 하는 역적들이다. 동궁을 드나드는 자들을 모두 잡아
　　　　　들여라. 세자의 머리가 맑아질 때까지 동궁을 철저히 감
　　　　　시할 것이다. 다 세자와 왕실을 위한 일이다.

인조의 말이 끝나면 대신들은 대궐 모형의 한 귀퉁이(동궁)에 황금
색의 나팔 모양의 관을 들이대고 도청을 한다. 대신들, 나팔관에 귀
를 기울이며 암호를 해독하는 것처럼 천천히 메모를 한다.

대신1　　세자빈 · · · 세자가 · · · 호 · · · 통을 · · · 들었다
　　　　　는 · · · 소리를 · · · 듣고 · · · 바 · · · · 삐 · · ·
　　　　　입장한다.

대신2   세자빈 · · · 마마 · · · 무슨 · · · 일입니까 · · · 라고 · · · 다급히 · · · 묻는다.

대신3   세자 · · · 별 · · · 일 아닙니다 · · · · 라고 · · · 대답한다.

대신1   세자빈 · · · 두려운 · · · 표정으로 · · · 정말 · · · 광해군 · · · 일기를 · · · 읽으신 · · · 겁니까 · · · 라고 · · · 물으면.

대신2   세자 · · · 나는 · · · 단지 · · · 개혁에 · · · 필요한 · · · 정책을 · · · 보고자 · · · 했을 · · · 뿐 · · · 입니다 · · · 라고 · · · 말한다.

대신3   세자빈 · · · 광해군은 · · · 안 · · · 됩니다 · · · 두 · · · 번 · · · 다시 · · · 그 · · 이름은 · · · · 꺼내지 · · · 마옵소서 · · · 상감마마께서 · · · 노하실까 · · · 두렵습니다 · · · 라고 · · · 말한다.

대신1   세자 · · · 잠시 · · · 침묵한다 · · · 세자 · · ·진지하게 · · · 말을 · · 한다 · · · 나는 · · · 알고 · · · 싶었습니다 · · · 폭군이고 · · · 유학의 · · · 도를 · · ·욕보였다는 · · · 광해군이 · · · 어떻게 · · · 평화로운 · · · 태평성대를 · · · 이룰 · · · 수 · · · 있었는지 · · · .

대신1, 급히 메모지를 인조에게 건넨다. 소현세자와 세자빈의 모습이 보인다.

세자빈 불충한 말씀 거두소서!

소현세자 (생각에 잠긴 듯 말이 없다)

세자빈 전쟁이 없다고 태평성대는 아닙니다. 대의명분을 버리고 얻은 평화라면 차라리 없는 게 낫습니다. 명나라가 어떤 나라입니까? 황제의 나라고 부모의 나라입니다. 부모의 나라를 배신하고 오랑캐와 손을 잡은 자가 광해군입니다.

소현세자 (혼란스러운 듯 무대를 서성이다가, 고개를 저으며) 모르겠습니다. 모르겠어요.

세자빈 무얼 모르신단 말씀입니까? 상감마마께서 가라 하면 가시고 멈추라 하면 멈추시면 됩니다.

소현세자 나는 새로운 시대를 보았소! 빈궁도 세상이 어떻게 돌아가는지 보지 않았습니까?

세자빈 (외면하며) 소첩은 모르옵니다.

소현세자 우리한테 찾아온 이 기회를 놓칠 수는 없습니다.

세자빈 마마 혼자 이 나라를 바꾸려 하십니까?

소현세자 (안타까워) 지금이 아니라면 조선은 또다시 중국의 속국이 되고 말아요.

세자빈 주위를 둘러보십시오. 사방 천지가 마마를 음해하려는 자들뿐입니다. 마마께서 친청을 했다고 상소가 올라왔다는 소리도 들었습니다. 용서를 비십시오. 다시는 광해군을 생각도 말도 하지 않겠다고 다짐을 하십시오.

잠시 침묵,

소현세자 대의명분이란 게 나라의 미래와 백성들의 목숨보다도
중요한 겁니까?

세자빈 조선의 대의명분은 상감마마께서 내리신 국시입니다.
이를 의심할 수는 없는 것입니다.

소현세자 빈궁도 그렇게 생각하시오?

세자빈 ……!

소현세자 정말 빈궁도 백성을 죽이고 나라를 파국으로 몰아넣는
게 대의명분이라 생각합니까?

세자빈 (두려움에 젖어) 마, 마마, 지, 지금 무슨 말씀을 하십니까?

소현세자 아니에요, 이건 아닙니다. (사이, 결심을 굳힌 듯) 정치는 냉
철해야 합니다. 어떤 명분도 나라의 미래와 백성들의 목
숨보다 중요할 순 없습니다. 우리 앞에 펼쳐진 새로운
시대를 이렇게 포기할 순 없어요. 이 나라를 위해서라면
설사 광인의 역사라 해도 나는 읽을 겁니다. (나가려 한다)

세자빈 어딜 가시려 하십니까?

소현세자 (비장하여) 아버님을 뵙겠습니다. 정책은 정책일 뿐, 죽은
자가 살아 돌아오지는 않습니다.

소현세자, 나간다.

세자빈 마마!

세자빈, 어둠 속으로 사라진다. 금관조복들, 벽 쪽 미닫이로 들어온다. 대신들, 잔뜩 긴장해 금관조복의 눈치를 살핀다.

금관조복1 우려하던 일이 일어나고 있소.

인조 ……!

금관조복2 세자가 우리의 정권을 위협하고 있소.

인조 단지, 단지 정책에 대해 얘길 했을 뿐이오. (금관조복들의 시선이 매섭자) 내 세자한테 금족령을 내렸소이다. 근신하면서 자신의 과오를 뉘우칠 것이오.

금관조복3 광해군의 정책은 대의를 버리고 실리를 쫓는 것이오. 오랑캐와 화친에 문호를 열고, 양이의 과학과 천문을 탐구해 사문난적하고, 군사를 키워 중원마저 넘보려 한 것이 그자의 정책이오.

금관조복4 광해군은 혁명으로 축출되었소. 그자의 정책을 수용하겠다는 말은 혁명의 명분을 의심하는 것과 다를 것이 없소.

금관조복1 마침내 광해군이 죽어 정국의 안정을 기약할 수 있게 되었는데, 세자가 그자를 무덤에서 끌어내려 하오.

인조 세자의 일은 경들이 너무 과민하게 생각한 것이오. 의욕이 너무 앞서 나간 것뿐이외다. 내 책임지고 세자를 다스리겠소.

금관조복4 반정의 명분이 무너지면 우리는 대역죄인이 되는 것이오.

인조 세자는 내 아들이요! 결코 그런 일은 없소이다! 반정의 명분을 의심하는 것이 애비를 의심하는 것임을 모를 세자가 아니요. (대신들에게) 니네들이 말해 봐라. 세자가 얼마나 효심이 극진하고 날 아끼는지?

대신1 조선의 대의명분은 상감마마께서 내리신 국시이며, 이는 의심할 수 없는 것이라고 세자빈께서 말씀하시자.

대신2 (말을 이어) 세자께서는 정말 그렇게 생각하느냐고 반문하셨습니다.

대신3 또 세자께서 말씀하시길 이 나라를 위해서라면 광인의 역사라고 해도 읽겠다 하셨습니다.

인조 (귀를 의심하여)…… 세자가 국시를 의심한다고…… 광인의 역사를 읽어…….

인조, 충격에 젖은 듯 말이 없다.

금관조복1 우리가 죽고 세자의 시대가 온다면, 세자는 반정의 명분을 거꾸로 뜨려 광해군의 조선을 만들 것이오.

인조 ……!

금관조복2 세자를 막으시오.

금관조복1 수습하지 못한다면, 우리가 나설 것이오.

금관조복들, 벽 쪽 미닫이로 나간다. 잠시 침묵.

인조 …… 광해군의···조선···내···아들이··· 광해군의····조선을···만들어…… (돌연히) 귀신

이다. 귀신이 붙었다. 무당을 불러 푸닥거리를 하고 대궐
에 부적을 붙여라. 광해 귀신이 세자한테 붙었다!

인조는 푸닥거리를 하는 것처럼 무대 구석구석에 부적을 붙이고,
대궐 모형에도 부적을 붙인다.

사관 　고정하옵소서.

인조 　광해 귀신이 부자의 의리를 끊게 하려는 게다. 그걸 모
　　　를 성싶으냐. 그렇지 않고서야 세자가 저럴 수는 없느니
　　　라. 그자가 이제는 귀신이 돼서 나를 괴롭히는 게야.

사관 　세자는 영명합니다. 세자의 사리 분별은 그릇될 것이 없
　　　을 것입니다. 세자를 믿으십시오.

인조 　광해의 역사는 끝났다. 여기에 무슨 사리 분별이 필요하
　　　단 말이냐. 세자는 나를 믿어야 된다. 이 애비를 믿어야
　　　돼! 술, 술을 갖고 오라!

궁녀들, 주안상을 들여온다. 인조, 술을 연거푸 마신다.

사관 　과음치 마옵소서. 옥체 상하실까 심려되옵니다.

인조, 대꾸 없이 술을 마신다.

사관 　전하의 몸은 전하 한 분의 것이 아닙니다. 만백성이 전

하 한 분만을 바라보고 있습니다.

인조   (자조적인 웃음, 피식 웃고는) 전쟁으로 죽어 나가고 오랑캐한테 끌려간 백성들이 뭐가 곱다고 나를 보겠느냐?

사관   누가 뭐라 해도 전하는 이 나라의 군왕이십니다.

인조   니놈도 나를 비웃는 게냐? 아무 소리도 못 하고 그저 조정 뒤치다꺼리나 하는 내가 왕이드냐. 광해가 내 명줄 끊을까 무서워 칼을 품고서야 잠이 드는 내가 왕이드냐. 마음대로 비웃어라. 세자도, 니놈도 필요 없다. 다 떠나라.

인조. 술을 연거푸 마신다. 취기가 돈다. 잠시 침묵이 흐른다.

인조   내 동생 능창군은 똑똑하고 야무진 사람이었다. 내가 형이긴 했지만, 그 아이는 모든 면에서 나보다 나았다. 능창의 주위에는 언제나 사람들이 많았지. 총명하다, 영명하다, 세자였다면 제왕 감이었다 칭찬을 아끼지 않았다. 그 때문에 역모에 몰려 죽었지만 말이다. 하지만 내 주위에는 아무도 없었다. 누구 하나 거들떠보지를 않았지. 능창이 죽고 복수를 하겠다고 다짐했다. 근데 말이다. 마음 한구석에서는 이제서야 사람들이 날 알아주겠구나 하는 생각이 들더구나. 끝내 난 복수를 했다. 광해군을 몰아내고 왕위에 올랐으니까…….

이 사이, 소현세자 들어오다 인조의 말을 듣는다. 인조를 겨냥한 조총의 그림자가 보인다.

인조   (술을 마시고) 왕이 됐다고 세상이 내 뜻대로 되는 건 아니었다. 다들 수군거렸지. 광해군은 현군이고, 나는 반란의 수괴라고 말이다. 오랑캐한테 항복하고, 아들이 보는 앞에서 이마가 깨지도록 절을 했다. 왕실의 치욕으로 내 이름은 남을 것이다. 후손들은 나를 가리켜 오랑캐한테 나라를 빼앗긴 왕이라 할 것이다. (사이) 왕이 되기 전엔 동생의 그늘에 가리고, 왕이 되어서는 광해군의 그늘에 가리고, 이젠 죽은 광해가 내 아들마저 빼앗아 가려는구나. (씁쓸하게 웃는다)

소현세자, 머뭇거리다 발걸음을 돌린다. 인조를 겨눈 조총을 본다.

소현세자   누구냐!
인조   ……!

자객, 조총을 인조에게 정조준한다.

소현세자   멈춰라!

자객 총을 쏘려 하고, 소현세자 칼로 자객을 찌른다. 자객 쓰러지면서 조총이 오발된다. 대신들, 뛰어 들어온다.

소현세자 아, 아바마마를 시해하려 했소.

대신1 (자객의 복면을 벗기고 몽타주와 대조해 본다) 이 자는 광해군의 내금위장입니다.

대신2 유배 형기가 끝나자 사건을 도모한 것 같습니다.

대신3 광해군의 심복입니다.

인조, 사관의 부축을 받으며 소현세자에게 걸어온다. 대신들, 자객의 몸을 수색한다.

대신2 (다급히 인조에게 혈서를 내보이며) 품에서 광해충신필살능양이라는 글귀가 나왔습니다.

대신3 광해의 충신이 능양군을 반드시 죽인다는 혈서입니다.

대신1 세자 저하께서 임금을 살리셨습니다.

인조 (감격하여) 세자가, 세자가 날 살렸다고?

대신 일동 (소현세자에게 과장되게 절을 하며) 세자 저하 천세! 천세, 천세, 천천세!

인조, 감격한 표정으로 소현세자를 바라본다. 인조, 소현세자에게 천천히 손을 뻗는다. 그가 소현세자의 손을 잡으려는 순간, 객석을 향해 스포트라이트가 비치면서 무대의 조명이 눈이 부시도록 밝아진다. 인조와 사관의 모습만이 보인다.

인조 세자, 세자가 어디 갔느냐? (황급히 주위를 살핀다)

사관　영문이 열렸습니다.

인조　(안타까워) 왜 지금이냐? 지금이 어떤 순간인데! 부자가 화해하는 찰나다. (기쁨에 넘쳐) 세자가 뭐라 했는지 아느냐? 소자의 불충을 용서하옵소서 그렇게 말했다. 눈물을 흘리면서 말이다. 니 기록에도 있을 것이야. 찾아 보거라. 거기에 세자가 뭐라 했다고 써있느냐? 어서 말해 보거라.

사관　(책을 보고) 소자는 아버님을 믿습니다.

인조　또?

사관　소자는 아바마마의 반정이 천명을 받든 과업이라 믿나이다.

인조　다시 한번 말해 보거라.

사관　소자는 아바마마의 반정이 천명을 받든 과업이라 믿나이다.

인조　더 크게, 다시 한번 말해 봐라!

사관　소자는 아바마마의 반정이 천명을 받든 과업이라 믿나이다!

인조　광해군이 이제야 죽은 것이야. 세자가 정신을 차렸다. 광해 귀신을 쫓아냈는데, 부자가 화해하고 어깨춤이 절로 나는데 나보고 가잔 말이냐?

사관　지금이 아니면 문이 다시 열릴 때까지 기다리셔야 합니다.

인조를 부르는 '전하'라는 소리가 아련히 들려온다.

인조 (사관을 잡으며) 조금만, 조금만 더 있다 가자꾸나. 저 밖은 추위와 어둠밖에 없어. 끝도 안 보이는 컴컴한 길을 헤매고 다녀야 돼. 아귀가 사는 곳이다.

사관 잠시 후면 문이 닫힙니다.

인조 나한테도 이렇게 좋을 때가 있었다. 나를 채근 마라.

다시 좀 더 크고 뚜렷하게 '전하'라는 소리가 들려온다.

인조 저 소리를 들어 봐라. 날 부르고 있지 않느냐. 누가 날 찾아온 게야. (기억을 더듬으며) 누구였더라? 봉림이 돌아왔던가, 어여쁜 옹주가 왔던가? ('전하'라는 소리가 다시 들려오자) 기쁜 손님일 게야. 내 기억은 틀림없다. (밖을 향해) 어서 들라 하라!

인조, 의자에 앉자 무대 조명 정상적으로 돌아온다. 청나라 사신과 대신들 들어온다.

인조 ……!

청나라 사신, 앞에 서서 칙서를 꺼낸다. 대신들, 엎드린다. 인조가 머뭇거리자 대신들, 그를 꿇어앉힌다.

사신 (칙서를 읽는다) 조선 왕은 들으라. 짐은 아래와 같이 하명하노니 지체하지 말고 시행하라. 첫째, 소현세자는 영명하고 나이도 알맞아 왕이 되기에 충분하다. 그대는 장성한 세자에게 조속히 왕위를 물려주고, 왕실의 어른으로 편안한 만년을 보낼지어다. 둘째, 청나라에 흉년이 들어 백성이 굶주리고 있으니 쌀 4만 석과 소 3만 마리, 돼지 2만 마리를 정성껏 보낼지어다. 셋째, 명나라가 멸망하여 대청제국이 중원의 황제국이 되었음에도 불구하고 한족들은 명나라의 재건을 꿈꾸며 저항을 하고 있다. 조선은 한족 저항군을 토벌할 정예 군사를 보낼지어다. 신하의 도리로 짐의 명을 받들어 조선의 안녕을 기약하라. (칙서를 접고서) 이상이오.

인조와 대신들, 일어선다.

인조 (휭하니 돌아서며) 기억이 가물거린다 싶더니 못 볼꼴을 봤다.
사신 황제 폐하의 명이오. 충심으로 받드시오.
인조 대답을 하겠다. 첫째, 세자한테 왕위를 물리라 했지만, 세자가 귀국한 지 얼마 되지 않아 국정에 미흡하다. 게다가 오랜 외지 생활로 국정의 적응에도 문제가 있는바 조속히 왕위를 물리는 것은 불가하다. 둘째, 우리도 전쟁통에 민생이 파탄 직전이다. 유감스럽게도 소, 돼지는 고사하고 먹을 쌀도 없다. 이 요구는 조선의 현실을 모르는 처사다. 그렇게 하고 싶어도 할 수 없으니 이 또한 불가하다. 셋째, 한족 저항군을 토벌할 정예 군사를 보내라 했는데, 정예 군사가 있었다면 우리가 청나라한테 항복을 했겠는가? 따라서 이도 불가하다.

대신들, 긴장해 인조를 쳐다본다.

사신 황제의 명이시오!

인조 황제가 아니라 천자라도 안 되는 건 어쩔 수가 없다. 정 못 믿겠다면 니가 직접 확인해 봐라.

대신들, 사신의 눈치를 살피면서 인조에게 귓속말을 한다.

대신1 전하, 마지막 구절에 조선의 안녕을 기약하라는 말이 있습니다.

대신2 거부하면 선전포고를 하겠다는 말로 해석할 수 있습니다.

대신3 국가 안보에 치명적인 결과를 가져올 것으로 사료됩니다.

인조 그래서 어떡하란 말이냐? 누가 안 한다고 했냐? 안 하는 게 아니라 못하는 거다.

대신 일동 신중하옵소서, 전하!

인조 나는 할 말 다 했다. 황제한테 이대로 전하라.

사신 감히 황제를 능멸하려 하시오! (칙서를 치켜들며) 황명이다!

대신들, 놀라서 바짝 엎드린다. 인조, 딴청을 부린다.

사신 황명이다! 무릎을 꿇어라!

인조 (대수롭지 않다는 듯 귀를 후비며) 다 들은 얘기다.

사신 황명 거역은 대청제국에 선전포고를 하는 것과 마찬가지다! 이번엔 이마가 깨지는 정도로 끝나진 않을 거요.

인조 (태연하여) 인명은 재천이다.

사신 백성을 생각하시오.

인조 내 백성은 내가 알아서 한다.

잠시 침묵이 흐른다. 사신, 인조를 한심한 듯 물끄러미 바라본다.

사신 (절망적인 듯 고개를 천천히 젓고는) 어찌 아비라는 자가 아들보다도 못하단 말인가. 그래서 일찍이 우리는 말이 통하는 자가 조선의 왕이 되기를 바랐다. 조속히 소현세자한테 왕위를 물리라 함은 융통성 있는 왕과 대화를 하기 위함이다. 저렇게 앞뒤가 꽉 막혀 어떻게 나라를 다스릴 수 있겠는가? 황제 폐하께서 이 같은 황명을 내리신 건 반청주의자 인조를 떠보려 함이다. 여전히 저자는 북벌이란 헛된 망상에 사로 잡혀있다. 조선이 변하지 않으면 전쟁은 피할 길이 없다. (인조에게) 소현세자와 말을 하겠소.

인조 왕은 나다.

사신 세자라면 광해군처럼 현명한 판단을 내릴 것이요.

인조, 광해군이란 말에 움찔한다.

사신　광해군은 사리 분별을 할 줄 아는 사람이었소. 한족이 자신을 중화라 일컫고 우리를 야인이라 천대했지만, 광해군은 우리를 오랑캐의 나라가 아니라 신생국으로 인정했소. 그가 쫓겨나지 않았다면 대청제국과 조선은 군신의 관계가 아니라 우방국으로 번영을 누렸을 것이오. 세자와 친분이 있는 자로 직언하건대 조선은 변해야 하오. 이대로 간다면 머지않아 이 나라는 대청제국의 성에 편입될 것이오.

대신1　…… 성이라면? 길림성, 산동성, 그런 성 말이요?

대신2　조선국이 조선성이 된단 말이오!

대신3　문명국 조선이 오랑캐 나라의 성이 되다니! 아이고, 말세다, 말세야!

대신들, 과장되게 울음을 터뜨린다.

사신　(나가면서) 조선의 비극은 광해군을 잃은 것이오. 현군을 반란으로 쫓아내는 건 댁들의 대의명분 중에 어디에 속하는 항목이오.

인조, 분에 겨워 칼을 움켜쥔다. 사신, 멈춘다.

사신　그나마 다행인 건 소현세자가 있다는 것이오. 세자는 광해군의 뒤를 이어 조선의 현군이 될 것이오.

인조　　내 아들이 광해군의 뒤를 이어! 세자는 내 아들이다. 내 뒤를 이어 니놈들을 모조리 죽일 것이야. 죽어라, 이놈!

인조, 칼로 사신을 찌른다. 사신, 쓰러진다. 대신들, 조심스레 사신에게 다가간다.

대신1　　(가슴에 귀를 대보고) 죽, 죽었습니다.

대신2　　이 일을 어쩌면 좋노. 사신이 임금 칼을 맞고 죽다니!

인조　　나를 능멸하고 왕실을 욕보이는 놈은 다 죽인다.

대신1　　이자는 황제의 칙서를 갖고 온 사신입니다.

인조　　오랑캐가 작당해 부자의 의리를 절단내려는 수작이다.

대신1　　청국에서 알면, 조선은 피바다가 됩니다.

인조　　갑옷과 투구를 가져오라! 국가 전시령을 선포한다! (비장하게) 세자를 데려오라.

장군, 갑옷과 투구를 들고 들어온다. 인조, 갑옷과 투구를 착용한다. 대궐 모형의 양옆에는 무장한 군사들의 모형이 놓여있다. 소현세자 들어와 인조 옆에 선다. 대신들, 구석에 모여 회의를 한다.

인조　　보고하라!

장군　　현재 남한산성은 병자호란 때 파괴된 부분을 보수하고 있고, 망월대 맞은편 봉우리에 곡성을 축조하고 있습니다. 그리고 망월대와 동격대에 대포를 쏠 수 있는 포루

설치작업도 병행하고 있습니다. 현재 조총 1천 점, 활 1천 개, 화살 2만 개가 확보되어 있고, 군량은 쌀 1만 7천 석, 콩 5천 석, 잡곡 3천 석이 확보되어 있습니다.

인조 조선은 예로부터 어버이와 같은 자혜로 오랑캐를 다스려왔다. 하지만 오랑캐는 은혜를 저버리고 조선을 속국으로 만들었다. 이제는 그것도 모자라 내정까지 관여해 왕위마저 농락하려 한다. 더는 참을 수가 없다. 이는 조선 백성의 한결같은 심정일 것이다. 나는 천명하노라! 대조선국의 군사는 오랑캐를 정벌하라! 북벌이다!

소현세자, 망연자실하다. 이 사이, 대신들은 사신을 자루에 담고, '對外秘(대외비)'라 쓰여 있는 푯말을 붙이고 슬그머니 끌고 나간다.

인조 나는 친히 군사를 지휘할 것이다. (세자에게) 너는 대궐에 남아 정사를 돌보거라. 무관들은 들으라! 군사를 정비하고 출군 태세를 확립하라!

장군 즉시 시행하겠나이다!

인조 세자는 내 명을 받들라.

소현세자, 당혹스러운 표정으로 멈칫거린다. 대신들, 소현세자에게 곤룡포를 입히고 익선관을 씌운다.

소현세자 (떨리는 목소리로) 오늘부터 국가 전시 상태에 돌입합니다. 아바마마께서는 친히 군사를 이끌고 청나라를 정벌할 것입니다. 나는 임시 조정의 최고 통치권자로 국정을 운영할 것입니다.

인조 (유쾌하여) 역시 내 아들이다. 너만 믿으마. 기필코 오랑캐를 정벌해 치욕을 씻으리라. 이 애비와 한번 잘해 보자꾸나.

소현세자 봉, 봉림은 아직 청나라에 있습니다.

인조 대책을 강구할 것이야. 걱정 마라. 무사히 봉림을 데려오마.

소현세자 아, 아바마마…… 지금의 병력으로…… 전쟁을 한다는 건…….

인조 군사 징집령을 내려라.

소현세자 …… 전···전···국에 있는 열여섯 살 이상의 모든 장정은 군에 입대해 북벌의 국시를 받들라. 만약···만약··· 명을 거역하면 모두 참하라.

인조 (사관에게, 기뻐서) 봤느냐? 세자가 어김없이 내 명을 받들었다. 이젠 오랑캐도 광해 귀신도 우리 부자를 갈라놓을 수 없다. 세자의 명은 곧 나의 명이니라. 모든 대소신료는 세자의 명을 왕명으로 받들라!

북소리가 들려온다. 벽 쪽에 검술 훈련을 하는 군사들의 그림자가 보인다. 북소리 점차 고조된다. 세자와 세자빈의 모습이 보인다. 세자빈, 공포에 질린 표정으로 주위를 살핀다.

세자빈   마마, 이게 무슨 난리입니까?

소현세자   …….

세자빈   정말 전쟁을 하시려는 겁니까?

소현세자   북벌은 왕명입니다.

세자빈   징집된 장정들은 살겠다고 도망치고, 군사들은 도망친 장정들을 잡아 죽이고 있습니다.

소현세자   …… 왕명을 거역하면 죽을 수밖에 없지 않소.

세자빈   마마께서 내리신 명입니다.

소현세자   내 명이 아바마마의 명이고 왕명입니다.

세자빈   온 나라가 생지옥이 되었습니다.

소현세자   (외면하며) 나가서 바깥바람이나 쐬시구려.

세자빈   저보고 어딜 가란 말씀입니까? 세상이 모두 미쳐 돌아가고 있는데, 소첩 보고 어딜 가란 말씀입니까? 대신들은 쉬쉬 입을 다물고 있지만, 대궐에는 소문이 파다합니다. 상감마마께서 청나라 사신을 참하시어 일이 이렇게 되었다고 합니다. 사람들이 수군거리기를 상감마마께서 실성하셨다 하옵니다.

소현세자   (싸늘하여) 뭐라 했소, 지금?

세자빈   피가 강을 이룹니다.

소현세자   이 나라는 아바마마의 나라요! 이 땅의 지존이시며, 만백성의 주인이십니다. 아바마마께서 죽으라 하면 죽는 게 백성의 도리요.

세자빈 …….

소현세자 나는 똑똑히 보았습니다. 이 손으로 아바마마께 총을 겨
눈 자를 죽였어요. 그자는 광해충신필살능양이라는 혈
서를 품고 있었소. 그 뜻이 무엇인지 압니까? 광해의 충
신이 능양군을 죽인다는 말입니다. 광해군은 죽지 않았
습니다. 아직도 이 나라를 광해군의 나라로 믿는 자들이
백주대로를 활보하고 있어요. (냉정하여) 나는 아바마마의
말씀에 복종할 것이오. 그것이 무엇이든 의심치 않고 복
종할 것입니다. 백성들은 알아야 합니다. 조선의 왕이 누
군지 말입니다!

대신들, 들어온다. 그들은 팔에 '北伐'이라 쓰여 있는 띠를 매고
있다.

대신1 (서류를 들이밀며) 결재를 하셔야겠습니다. 현재의 징병 나
이를 열세 살로 낮추는 법안입니다.

세자빈 열세 살짜리 아이가 뭘 안다고 군대에 보낸단 말이오.
옥새를 찍으시면 안 됩니다.

대신2 빈궁마마, 이 일은 국가 안보와 관련된 문제입니다. 아
녀자가 관여할 문제가 아닙니다. 저하, 긴급 사안입니다.
어서 통과시키십시오.

소현세자, 옥새를 찍는다.

대신3　군량미에 대한 안건입니다. 전국적으로 쌀과 잡곡을 거두어 부족한 군량을 채워야 할 줄로 아옵니다. 지금의 군량으로는 두 달 싸우기도 힘듭니다.

소현세자　필요한 양이 얼마나 됩니까?

대신1　쌀 3만 석, 잡곡 5만 석입니다.

세자빈, 옥새를 찍으려는 소현세자의 손을 잡는다.

세자빈　백성들을 모두 죽이려 하시오!

소현세자　이 손을 놓으시오.

세자빈　명을 거두소서.

소현세자　이 손을 놓으라!

소현세자, 세자빈을 뿌리치고 옥새를 찍는다.

대신 일동　왕명을 받들겠나이다!

세자빈　마마…….

소현세자　대의명분을 버리고 얻은 평화라면 차라리 없는 게 낫다고 하지 않았습니까? 난 반청북벌의 대의를 충실히 따를 뿐입니다. 빈궁을 밖으로 모시라.

대신들, 세자빈을 데리고 나간다. 잠시 후, 대신들 참수된 머리가 매달린 창을 갖고 들어온다. 모두 미니어처이다. 대신들, 대궐 모형에 창을 꽂으면서 대사를 한다.

대신1 징집 명령 거부죄로 참수.

대신2 무단 탈영죄로 참수.

대신3 이하 동문.

대신1 군량미 갹출 거부죄로 참수.

대신3 이하 동문.

대신2 열세 살짜리 아이를 열두 살로 속여 부자 함께 참수.

대신1 도망쳤던 어머니와 여동생도 잡아다 같이 참수.

대신2 전쟁 불가하다 상소 올렸다 왕명 거역으로 참수.

대신3 이하 동문.

대신들, 코를 막고서 냄새를 쫓는 손짓을 한다. 소현세자, 냄새가 역겨운 듯 구역질을 한다.

인조 이게 무슨 냄새냐?

사관 시체 썩는 냄새입니다.

인조 시체!

금관조복들, 벽 쪽 미닫이로 나온다.

금관조복1 왕명을 거역한 자들이 참수되었소.

금관조복2 주상의 북벌 천명은 혁명의 대의명분을 이루는 역사적인 것이오.

금관조복3 조정은 주상의 결정을 지지하고, 충심으로 보필할 것이오.

금관조복4 북벌을 완수해 우리의 혁명을 완성하시오.

인조 (우쭐하여) 내 일찍이 광해군을 쫓아낸 것은 땅에 떨어진 나라의 대의를 바로 세우기 위해서였소. 이제 때를 만나 과업을 이루고자 하오. 경들은 과업 달성에 부족함이 없도록 하시오.

금관조복들, 공손히 고개를 숙인다.

인조 (헛기침을 몇 번 하고) 경들도 알다시피 반정의 명분이 무너지면 우리는 역사의 죄인이 되는 것이오. 우리가 북벌한다고 혁명을 했소. 하지만 북벌은 고사하고 되려 오랑캐의 침입을 받았소. 우리가 어영부영 탁상공론만 하고, 청나라로 진군하지 않는다면, 분명 후대에서는 우리들이 대명사대 반청북벌을 빙자해 반란을 일으켰다 할 것이외다. 우리가 대역죄인이 되는 것이오. 북벌 천명에 이런 뜻이 있는바 경들은 기필코 북벌 과업을 이루어야 할 것이외다. (금관조복을 슬쩍 흘겨보고서) 만약 조정이 이를 보필하지 못해 북벌이 좌절된다면, 나는 이 죄를 경들한테 물을 것이오.

금관조복 일동   ……!

인조   지금은 비상시국이오. 말 한마디에 생사가 뒤바뀌오. 경들은 특별히 언동을 삼가고, 왕명을 받들어 북벌 과업에 박차를 가하시오.

금관조복 일동   명심하겠나이다.

인조   (과장된 손짓을 해 보이며) 물러들 가라. 나는 과도한 업무로 심신이 피곤하다.

금관조복들, 공손히 인사를 하고 벽 쪽 미닫이로 퇴장한다.

인조   저 오만방자한 것들이 꼬리를 내리고 내 앞에 머리를 조아리는구나. 이제사 내가 왕으로 보이는가 보다. (통쾌한 듯 웃어제끼고서) 아무리 공신이고 조정의 실세라 해도 엄연히 왕은 왕이고, 신하는 신하다. 분수를 모르고 날뛰는 놈은 가차 없이 목을 칠 것이야. 이번 기회에 저놈들을 휘어잡아야 된다. 그래야 세자가 보위에 올라도 뒤탈이 없다. (만족스러운 듯 고개를 끄덕이고서) 대전으로 가자. (늘어지게 하품을 하고) 심신이 노곤하니 한숨 자야겠다.

인조, 뒤쪽으로 물러선다. 위에서 발이 내려온다. 대신들, 들어온다.

대신1   저하, 결재를 하셔야겠습니다.

소현세자 이번엔 또 무엇입니까?

대신1, 소현세자에게 서류를 건넨다. 소현세자 서류를 읽는다. 그의 표정이 당혹감에 휩싸인다.

소현세자 이 안건은 누가 올린 겁니까?

대신2   글쎄요. 위에서 내려온 거라 소신들은 모르겠는데요.

대신3   어쨌든 북벌 과업을 위해 필요한 조처입니다. 옥새를 찍으십시오.

소현세자 지금이 비상시국이란 걸 모르는 건 아니지만 그럴수록 신중해야 합니다. 이 안건은 재검토해 볼 필요가 있을 것 같소.

대신1   신들이 볼 때는 이상적인 안건이라 사료되옵니다만.

대신2   청나라가 우리보다 군사적 우위에 있다는 건 객관적인 사실입니다. 우리가 오랑캐를 정벌하려면 더 많은 군사를 확보해야 하고 그러려면 징병 나이를 열세 살에서 열 살로 하향 조정하는 건 지극히 이상적이고 타당한 결론입니다. (대신들에게) 안 그렇소?

대신3   지당하신 말씀이외다. 오랑캐를 때려잡는데 열 살이 문제입니까? 일곱 살, 아니 다섯 살짜리도 군사로 만들어야죠. 다섯 살 먹었다고 조선 백성이 아닙니까?

대신1, 2 (과장되게 고개를 끄덕인다)

소현세자   그렇다 해도 징병 나이가 열여섯에서 열셋으로 바뀐 게
          엊그제요.

대신2   국가의 존립이 걸려있는 문제입니다.

소현세자   시간을 좀 주시구려. 숙고해 보겠소.

대신1   주상 전하께서는 북벌을 천명하셨습니다. 이를 거역하
          려 하십니까?

소현세자   나는 단지.

대신2   (말을 막으며) 촌각을 다투는 문제입니다.

대신3   어서 옥새를 찍으십시오.

세자가 머뭇거리자 대신들 그의 손에 옥새를 쥐여 주고 도장을 찍
게 한다. 대신들, 퇴장한다. 소현세자, 거친 숨을 몰아쉬며 풀썩 대
(大)자로 눕는다. 잠시 후, '저하'라는 소리가 들려온다. 소리가 거듭
되어 들려오자 소현세자 귀를 막고 돌아눕는다.

소리   새로운 안건입니다. 군기의 확립을 위해 탈영병의 죄를
          물어 일가를 참하고, 청나라에 끌려갔다 돌아온 자들의
          변절 여부를 확인하기 위해 국문을 해야 한다는 안건입
          니다. 조금 있다 저하의 하교를 들으러 오겠습니다.

세자, 몸을 일으켜 앉는다. 그는 바닥에 시선을 고정시킨 채 움직
이지 않는다. 얼마간의 시간이 지나고 세자 결심을 굳힌 듯 고개를
든다.

소현세자　아바마마.

인조, 발을 올리고 얼굴을 내민다.

인조　어서 오거라. 많이 힘들지? 비상시국이라 더 그럴 것이야.

소현세자　…… 아, 아바마마.

인조　(화사한 웃음 가득하여) 널 보니 이 애비의 마음이 든든하다. 니가 날 살리고, 이제는 애비의 뜻을 받아 국정을 운영하니 난 죽어도 여한이 없다. 그래, 어인 일이냐?

소현세자　(망설이다가) 옥체 강령하시온지 여쭈러 왔습니다.

인조　내 걱정을 했구나. 걱정 말거라. 이 애비는 보기보다 건강하다. 원수를 정벌해야 하는데 당연히 그래야지. 사사로움에 흔들리지 말고 대의를 따라라. 반드시 오랑캐를 정벌해 이 애비의 한을 풀어야 한다. 알겠느냐?

소현세자　…… 명심하겠습니다.

소현세자, 힘없이 나간다.

인조　세자가 갈수록 철이 드는구나. 이 와중에도 애비한테 문안 인사를 다 오고. 근데 얼굴을 보니 근심이 가득하다. 무슨 일이 있나 모르겠다.

사관, 표정이 어두워진다.

인조	니놈 표정은 또 왜 그러느냐?
사관	여기서 물러심이 어떠하십니까?
인조	(천연덕스러워) 뭘 말이냐?
사관	천운은 청나라에 있습니다. 때를 기다리셔야 합니다.
인조	이미 엎질러진 물이다. 공신들한테도 북벌한다고 큰소리쳤는데 여기서 물러설 수는 없다. 나를 위해서도, 세자를 위해서도 이 길밖에 없다.
사관	청나라의 군사는 이십오 만이고, 우리의 군사는 이만 오천입니다.
인조	사관은 역사만 기록하면 된다. 간여하지 말라.
사관	현명히 대처하소서.
인조	내 역사는 내가 책임진다! (사이) 세자를 보니 많이 지친 것 같다. 모처럼 부자가 만났는데 회포를 풀어도 좋았을 걸 그냥 보낸 게 아쉽구나. 세자한테 가 보자. 오늘은 부자가 마주 앉아 술을 마셔도 좋을 듯하다.
사관	세자는 대궐에 없습니다.
인조	대궐에 없다니? 어딜 갔단 말이냐?
사관	밖으로 나갔습니다.
인조	밖으로?

인조, 망원경을 들어 먼발치를 본다. 무대 한쪽에 세자의 모습이 보인다. 그는 술에 취한 듯 비틀거리며 걷는다.

인조 술을 먹은 게냐?

사관 그렇습니다.

인조 시찰을 나간 게로구나. 백성들하고 어울려 거나하게 한 잔했나 보구나. (망원경을 내리고) 아암, 그래야지. 이럴 때일수록 민심을 알고 흔들리면 잡아주고 격려해 주어야 된다. (만족스러운 듯 고개를 끄덕이고) 세자가 저리도 열심인데 나라고 쉴 수는 없는 일. 북벌 계획이 어찌 되고 있나 돌아봐야겠다.

인조와 사관, 발 뒤로 물러선다. 백성들 구석에서 밀짚 인형을 바늘로 찌르고 있다. 소현세자, 궁금한 듯 다가간다.

백성1 죽어라!

백성2 죽어, 죽어!

백성3 빨리 죽어라!

백성1 (소현세자가 물끄러미 보고 있자) 댁도 와서 찌르시오. 정성을 다해 찌르시오.

소현세자, 침으로 밀짚 인형을 찌른다. 재미있는지 계속해 찌른다.

백성1 많이 찌른다고 좋은 게 아니요. 정곡을 찔러야지.

백성2 죽었을까?

백성3 (손으로 차양을 만들어 대궐 모형을 보고서) 조용한 걸 보니 멀쩡

하구먼.

백성2 산삼 두루치기를 먹었나?

소현세자 (인형을 가리키며) 근데 이건 뭘 하는 물건입니까?

백성1 뭐긴. 임금이지.

백성2 죽으라고 침을 찌르는데 불로초를 먹었는지 죽지를 않어.

소현세자 뭐, 뭐라!

백성3 나라가 절난 나기 전에 임금이 죽어야지. 그 길이 우리가 사는 길일세.

백성3 은침이라 효과가 없나? 금침으로 해봅시다. 형씨도 같이 하시려오?

소현세자, 격분해 달려들자 백성들 그를 쓰러뜨리고 뭇매질을 한다.

백성1 이놈이 미쳤나? 다짜고짜 박치기네.

소현세자 어찌 백성 된 자가 임금을 죽으라 하는가.

백성1 오라, 제법 글줄깨나 읽었다 이거구먼. 공부를 했으면 공부 값을 해, 이놈아. 니놈들이 공자 왈 맹자 왈 한 게 백성 죽으라고 외는 주문이지. 임금이 미쳤으면 쫓아내든지 정신을 차리게 하든지 결단을 내려야지. 죽는 게 무서워 찍소리도 못하고 술이나 퍼먹는 니놈들이 그리고도 선비냐!

백성2 저런 놈들이 과거 붙고 정치를 하니 나라가 요 모양 요

꼴이지.

백성3 (백성1, 2가 소현세자를 매질하려 하자) 그만두시게. 이놈 때문에 부정 타면 신통력 떨어지네. 저쪽으로 가서 다시 해보세나.

백성들, 소현세자에게 침을 뱉고 퇴장한다. 베개를 안고 통곡하는 여인의 모습이 보인다.

여인 (베개를 어루만지면서) 자장자장, 우리 아기, 잘도 잔다, 우리아기. (문득) 아가야, 배고프지. (젖을 물리다가) 임금이 실성해서 쌀도 뺏어가고 보리도 뺏어간다. 백성들 굶겨 죽이고 전쟁한다고 그런다. 아가야, 눈을 떠라. 애미가 여기있다. 먹은 게 없어 젖도 안 나오는구나. (다시 베개를 어루만지면서) 어서 무럭무럭 자라거라. 아이고, 착하다.

여인, 소현세자를 물끄러미 쳐다보며 웃어 보인다. 소현세자, 민망해 하다가 엽전을 내민다.

여인 감사합니다요, 나리! 감사합니다. (여인, 엽전을 씹어보고서) 아이고, 이빨아! (소현세자를 힐끗 쳐다보고) 미친놈. 먹지도 못할 걸 뭐하러 주노. (엽전을 내던지고) 가자, 아가야. 흰밥하고 괴기 먹으러 가자.

소현세자, 망연자실 퇴장하는 여인을 바라본다. 걸인 아이 들어온다. 아이, 노래를 한다.

아이   아부지는 잡혀가고, 어무이는 끌려가고, 형아는 도망가고, 누나는 딸려가고, 나는 동냥 간다. (사이) 아부지는 맞아 죽고, 어무이는 미쳐 죽고, 형아는 찔려죽고, 누나는 빠져 죽고, 나는···나는······.

아이, 울음을 터뜨린다. 소현세자, 아이의 눈물을 닦아준다.

소현세자   나랑 대궐 갈래?
아이   싫어!
소현세자   왜?
아이   대궐에는 사람 잡아먹는 요괴 산대. 곰보다 무섭고 호랑이보다 무섭대.
소현세자   같이 가자꾸나.
아이   싫어!

소현세자, 아이를 끌어안는다. 아이, 소현세자를 밀치고 도망간다.

아이   대궐에는 사람 잡아먹는 요괴 산대. 곰보다 무섭고 호랑이보다 무섭대.

복면을 한 사람이 벽에 '民草必殺悖君綾陽(민초필살패군능양)'이
란 벽보를 붙이고 도망친다. 소현세자, 넋을 잃은 듯 멍하니 벽보를
바라본다.

소현세자　민···초···필···살···패···군···
　　　　　능···양. 백성이 패덕한 군주 능양을 죽인다······.

잠시 침묵이 흐르고, 소현세자 실없이 웃기 시작한다.

소현세자　아바마마가 패덕한 군주라는구나. 내 아버지를 죽인다
　　　　　는구나.

소현세자의 웃음이 점점 커진다. 어느 순간, 그의 웃음이 울음으로
번져간다.

소현세자　아바마마, 어찌하오리까. 소자가 어찌하오리까!

세자, 어둠 속으로 사라진다. 인조, 발을 올리고 얼굴을 내민다. 대
궐 모형의 앞에 무릎을 꿇고 있는 세자의 모형이 놓여있다.

인조　세자가 저기서 뭘 하는 게냐?
사관　무릎을 꿇고 석고대죄를 하고 있습니다.
인조　(영문을 몰라) 석고대죄?

사관   …….

인조   죄가 없는데 석고대죄라니 당치 않다. 그만두라 하라.

사관   (책을 보고서) 사흘 밤낮을 석고대죄 할 것입니다.

잠시 후, 천둥이 치고 비가 내리는 소리 들려온다.

인조   세자가 아직도 그러고 있느냐?

사관   예.

인조   대체 무슨 죄를 졌길래 저러느냐, 세자가?

인조, 세자의 모형에 다가가려 한다.

사관   물으셔도 대답하지 않을 것입니다. 그저 눈물을 흘리며
        속죄를 하듯 저렇게 있을 것입니다.

인조   답답하다, 답답해. 이게 대체 어인 일인고. (사이) 너는 알
        고 있으렷다. 얘기를 해다오. 이게 무슨 영문이냐?

벽 쪽에 섬광과 빗줄기가 보인다. 비가 점점 거세진다. 잠시 후, 세
자의 모형이 옆으로 쓰러진다.

소리   세자께서 쓰러지셨다! 세자께서 쓰러지셨다!

인조   (다급하여) 어의, 어의를 불러라!

어의, 세자의 모형에 실을 매고 진맥을 하는 것처럼 자세를 잡는다.

인조 어떤가?

어의 비를 맞으셔서 열병이 나셨지만, 며칠 요양을 하시면 괜찮아지실 겁니다.

인조 산삼이건, 웅담이건 뭐든 필요한 건 죄다 쓰거라.

어의, 세자의 모형을 손에 받쳐 들고 나간다.
인조, 초조한 듯 무대를 서성인다. 금관조복들, 벽 쪽 미닫이에서 나온다.

금관조복1 세자는 왕명을 거역하고, 국시를 위배했소.

금관조복2 혁명의 대의명분에 반기를 들었소.

인조 그게 무슨 뚱딴지같은 소린가? 아파 누워 있는 세자를.

금관조복3 세자의 죄를 엄히 물을 것이오.

인조 세자의 죄를 물어! 멀쩡히 정사를 돌보는 세자의 죄를 묻겠다함은 니놈들이 왕권을 찬탈하겠다는 뜻이렷다. 이제야 니놈들이 본색을 드러내는구나! (칼을 빼 든다)

금관조복4 세자를 부르시오.

소현세자, 들어온다.

인조 열병이라는데 괜찮은 게냐? 무슨 연유로 비를 맞으며 석고대죄를 한 게야?

소현세자, 무릎을 꿇는다. 인조에게 옥새를 내민다.

인조　　……?

소현세자　소자는 국정을 운영하기엔 미흡한 점이 많아 아바마마의 승은에 누를 끼칠까 두렵습니다. 거두어 주소서.

인조　　(긴장하여) 이 일로 석고대죄를 한 게냐?

소현세자　소자의 불충을 용서하소서.

인조　　세자는 듣거라. 너한테 국정을 맡긴 건 북벌 과업을 위함이었다. 니가 국정에 익숙지 않은 건 당연한 일이다. 마음고생이 심했나 보구나. 스스로를 탓하지 말아라. 내가 국정을 맡겼으니 너의 부족함은 내 탓이다. 어쨌든 니가 석고대죄로 부족함을 뉘우쳤으니 더는 할 말이 없다. (옥새를 내밀며) 가져가라.

소현세자　소자는 받을 수 없습니다.

인조　　……!

금관조복1　세자는 광해군을 축출한 혁명의 명분이 무엇인지 아는가?

소현세자　알고 있습니다.

금관조복2　그렇다면 반청북벌이 무엇인지도 아는가?

소현세자　…….

금관조복3　반청북벌을 받들고 왕위를 계승해야 할 세자는 본분을 망각하고 국론을 분열시켰다.

소현세자　나는 세자의 본분을 망각한 적이 없습니다. 내 본분은 아바마마를 보필해 이 나라를 부국강병케 하는 것이오.

금관조복4　우리가 혁명을 한 건 광해군의 중립 외교 때문이었다. 그자는 하루아침에 조선을 오랑캐로 만들었다. 사대부의 생명이 무엇인가? 대의명분이다. 대의명분이란 사람으로서 마땅히 지켜야 할 도리요 본분이다. 군자를 보면 섬길 줄을 알고, 소인을 보면 나무랄 줄을 아는 게 대의명분이다. 우리는 군자의 나라 중국을 섬기고, 소인배들인 오랑캐와 왜를 멀리했다. 조선이 어찌 스승의 나라인 중국에 칼을 들이대겠는가? 하지만 왜는 스승의 나라인 조선에 조총을 쐈다. 오랑캐는 자혜로 다스려온 조선에 칼을 휘둘렀다. 이것이 대의명분을 알고 예와 의를 아는 자가 할 짓인가? 조선은 대의명분을 알기에 중국과 같은 군자인 것이다. 그런데 광해군이 오랑캐와 화친을 하는 통에 우리는 소인배가 되고 말았다. 양반이 노비가 된 꼴이다.

소현세자　경들은 이미 국정을 운영할 이성을 잃었소. 경들의 오만한 자존심과 명예를 위해 이 나라를 파국으로 몰지 마시오. 이 나라는 그대들의 소유물이 아니오. 임금을 나라의 원수로 만들고, 백성을 살육한 그대들의 죄는 절대로 용서할 수 없소. 여기서 멈추시오. 헛된 명분으로 종묘사직을 도탄에 빠뜨리지 마시오!

인조　니, 니가 또 왜 이러느냐?

소현세자 소자, 죽기를 각오하고 간청하나이다. 명을 거두어 주십시오. 북벌을 철회하여 주소서.

인조 이 애비가 당한 치욕을 잊었느냐!

소현세자 어찌 잊겠나이까. 하지만 치욕을 씻기 위해 흘려야 하는 피가 너무도 많습니다. 사신의 일은 소자가 해결하겠습니다. 청나라에는 소자가 아는 지인들이 많고, 신뢰가 깊어 이 문제를 해결하기에는 소자가 적합할 것입니다. 소자를 청나라로 보내주십시오.

인조 그걸 제정신으로 하는 말이냐? 오랑캐가 널 살려둘 것 같으냐?

소현세자 이 전쟁을 막을 수만 있다면 소자 죽어도 여한이 없습니다.

인조 대세는 기울었다. 북벌을 철회할 수는 없다.

소현세자 (애절하여) 밖을 보소서!

인조와 금관조복들, 객석을 바라본다. '民草必殺悖君綾陽(민초필살패군능양)'이란 벽보가 보인다. 백성들, 일정한 율동에 맞추어 무대로 들어온다. 그들은 낫과 괭이 등을 든 백성의 모형을 하나씩 안고 있다. 백성의 모형은 저항을 하는 모습으로 격렬하다. 백성들은 대궐 모형의 주위에 백성의 모형을 내려놓고 나간다. 대궐 모형이 성난 백성의 모형에 포위당한 형국이다.

소현세자 백성들이 등을 돌리고 있나이다. 백성들이 임금을 버렸습니다. 명을 거두어 주소서.

잠시 침묵이 흐른다.

인조　　(당혹감에 휩싸인다. 믿기지 않는 듯) 백성들이 날, 날 버렸다
　　　　고? 내, 내가 조선의 원수라고?

인조, 멍하니 대궐 모형을 바라본다.

금관조복1　(급히 나서며) 북벌은 조선의 유학과 대의를 지키는 성전
　　　　이다!

대궐 모형과 벽보, 어둠 속으로 사라진다.

금관조복2　우리가 죽어 오랑캐를 죽일 수만 있다면 구차히 사느니
　　　　대의를 위해 죽는 것이 낫다.
금관조복3　지금 즉시 출군을 명하시오!
인조　　……!
금관조복4　출군을 명하시오, 주상!
인조　　출, 출군을 말이오?
소현세자　북벌은 불가하오! 죽겠다면 그대들이 가서 죽으시오! 그
　　　　대들이야말로 조선의 원수요!
금관조복1　인조반정으로 세워진 지금의 정권은 반청북벌을 위한

것이다. 누구도 위배할 수 없는 절대 강령이다. 반정으로 왕위에 오른 주상이라도 비껴갈 수 없는 것이다. 대조선 국의 대의명분이 대명사대 반청북벌임을 잊는 자는 누구도 살아남지 못한다! 이것이 조선의 국시다!

소현세자 그렇다면 국시를 바꾸시오!

금관조복2 주상! 출군을 명하시오!

인조, 안절부절못한다.

인조 너도 들어서 알겠지만, 이 왕권은 북벌을 위한 것이다. 내가 저네들한테 약속을 했다. 동생 원수 갚고 북벌한다고 왕이 됐어. 이 약속은 어길 수가 없다. 내가 이 약속을 어긴다면 나도 광해군처럼 쫓겨날 것이야. 여기서는, 더는 물러설 데가 없다. 이 애비를 도와다오.

소현세자 여기서 멈추소서. 이 나라를 구하소서. 조선은 아바마마의 나라입니다.

인조 (소현세자의 손을 붙잡고) 나한텐 너밖에 없다. 니가 청나라에서 사문난적을 하고 친청을 했다고 해도 애비는 믿지 않았다. 널 음해하는 자들을 경계하고 너를 지켜주었어. 이젠 니가 나를 지켜줄 차례다.

소현세자, 말없이 고개를 숙인다.

인조　애비의 소원이다. 나를, 나를 도와다오.

소현세자　…… 명을 거두어 주소서.

인조　내가 어떻게 살았는지 아느냐? 광해군이 목을 칠까 노심초사, 조종의 꼭두각시로 삼전도의 치욕을 당했다. 그렇게 버텨 온 20년이다. 너를 위해 참아온 시간이다. 너는 왕이 돼야 한다. 제왕이 돼야 돼.

소현세자　아바마마께서 성군으로 역사에 남으신다면, 소자는 임금이 되지 않아도 좋습니다.

인조　니가 열병으로 실성을 했느냐?

소현세자　명을 거두어 주소서. 역사에 묻은 피를 닦아 내소서.

인조　더는 이 애비를 시험하지 마라.

소현세자　용상을 버리소서.

인조　……!

소현세자　피로 물든 용상을 버리소서.

인조　용, 용상을 버리라고…….

소현세자　백성을 죽이는 임금이 되시느니 소자와 평민이 되어 사시옵소서.

인조, 넋을 잃은 표정으로 멍하니 소현세자를 바라본다.

소현세자　(애절하여) 저와 같이 가소서.

인조　이것이 누굴 위해 지켜온 자리거늘, 누굴 위해 참아온 시간이거늘, 뭐라 용상을 버리라. 나 죽이고 북벌을 막아

라. 부자의 의리를 절단하려 하기에 오랑캐 사신을 죽이고 북벌을 명했건만 용상을 버리라! 니가 내 가슴에 칼을 꽂으려 석고대죄를 한 것이로구나.

소현세자 아버님!

인조 니놈이 그리고도 나를 애비라 부르느냐! (순간, 세자의 얼굴에 옥새를 집어 던지면서) 고 - 얀 - 놈!

금관조복1 북벌군은 출군하라!

금관조복2,3,4 출군하라!

출군을 알리는 북소리가 들려온다. 무대의 양옆에 '大明事大', '反清北伐'이란 현수막이 내걸린다. 소현세자, 애절하여 인조를 바라본다. 소현세자, 천천히 걸어 나간다.

인조 가, 가면 안 된다. 가면 안 돼!

금관조복3 세자를 폐하시오.

금관조복4 반청주의자 봉림대군이 조선의 세자가 될 것이오. 그가 우리의 과업을 받들 것이오.

금관조복들, 벽 쪽 미닫이로 퇴장한다. 무대 차츰 어두워진다. 소현세자, 소복 차림으로 들어온다.

인조 누, 눈이 탄다. 눈이 불에 탄다!

인조, 기함을 지르며 눈을 감싼다. 인조, 괴로운 듯 기함 소리와 몸 동작이 격해진다. 소현세자, 대궐 모형을 향해 있는 백성의 모형을 하나씩 반대 방향으로 돌려놓는다. 그 모습이 처음과는 반대로 대궐 모형을 호위하고 있는 형국이 된다. 소현세자, 천천히 '民草必殺 悖君綾陽(민초필살패군능양)'이라 쓰여있는 벽보를 뜯어낸다. 소현세자, 벽보에 불을 붙인다. 북소리 멈춘다.

인조   (기함을 지르며) 눈이 탄다!

소현세자, 재를 멀리 날려버리려는 듯 손바닥으로 불에 타는 종이를 널뛰운다. 소현세자, 괴로워 몸부림을 치는 인조를 말없이 바라본다. 소현세자, 인조에게 절을 한다. 천천히 걸어 나간다. 잠시 침묵이 흐른다.

사관   (책을 보고) 곧이어 세자를 폐하라는 상소가 올라올 것입니다.

인조, 말없이 바닥에 몸을 눕힌다. 그는 몸을 잔뜩 웅크린 채 움직이지 않는다. 잠시 후, 대신1, 2 들어온다. 그들은 상소문을 가득 안고 들어온다. 대신들은 상소문을 돗자리 깔 듯 인조 앞에 펴 보인다.

대신1   세자를 폐하라는 상소가 끊이질 않습니다. 조속한 조처가 있어야 할 줄로 아옵니다.

대신2 북벌군은 심양으로 진격해 봉림대군을 구출하기로 계획을 세웠습니다.

대신1 결정을 미루시면 안 됩니다. 폐세자를 명하십시오.

인조, 대꾸하지 않는다. 대신3, 다급히 들어온다.

대신3 비상사태입니다! 역적의 답안지가 사라졌습니다. 과거장에서 불충 무도한 발언을 했던 자의 답안지가 없어졌습니다.

복면을 쓴 사람이 들어와 주위를 살피면서 무대 뒷벽과 대궐 모형 구석구석에 종이를 붙이고 나간다.

인조 (종이를 가리키며, 무심하게) 저게 뭐냐?

사관 (들여다보고) 벽서입니다.

인조 ······?

사관, 인조를 외면하는데 대신들 벽서를 읽는다.

대신1 역적의 답안지를 베껴 쓴 것입니다!

대신2 그 밑에 '이것은 충신의 직언이다'라고 쓰여 있습니다.

대신3 도성뿐만 아니라 대궐에도 붙어 있습니다.

인조, 깜짝 놀라 종이를 한 장 뜯어내 읽는다. 그의 표정이 일그러진다.

대신3 내부에 공범이 있습니다. 국가 전시령이 선포된 상황에 대궐을 넘나드는 건 불가능합니다.

대신1 그렇습니다. 대궐 안에 역적이 있습니다.

인조 잡아라! 당장 잡아 오라!

대신들, 돋보기를 들고 대궐 모형을 이리저리 살핀다. 잠시 후,

대신1 찾았습니다. 동궁전에서 역적의 답안지와 필사본이 발견되었습니다.

인조 동궁전이면…… 세자가 있는 곳이 아니드냐?

인조, 대신의 돋보기를 빼앗아 대궐 모형을 들여다본다. 무대에 세자의 모습이 보인다.

인조 그, 그럴 리가 없다. 모반이다. 왕실을 음해하려는 역모가 분명하다.

소현세자 소신과 뜻을 같이하는 우국지사들이 역사를 바로잡고자 벽서를 붙였나이다.

인조 니가, 니가 벽서를 붙였어?

소현세자 소신은 광해군을 폐위한 반정의 명분을 받아들일 수 없

나이다.

인조   (귀를 의심하여) 뭐라는 게야, 지금?

소현세자   반정의 명분인 첫 번째 죄는 선왕 선조 대왕을 독살하고, 형과 아우를 죽이고 어머니를 유폐시킨 죄라 했습니다. 허나 선조 대왕을 독살했다는 명분은 계모인 인목대비가 날조한 것일 뿐 아무 근거가 없는 것입니다. 인목대비가 유폐된 것은 임금을 음해한 첫값을 받은 것임에도 패륜이 란 죄목을 붙여 반정의 명분을 삼은 것은 무슨 까닭이며, 태종 임금과 세조 임금에게도 묻지 않은 죄를 형과 아우를 죽였다 광해군에게 물은 까닭은 무엇입니까?

인조, 귀를 막는다.

소현세자   왜란으로 훼손된 대궐을 재건해 왕실과 국가의 위신을 바로 잡고자 한 것을 민생을 도탄에 빠트려 정사를 위태 롭게 했단 죄로 물은 것은 또 무슨 까닭입니까?

인조   그만해라.

소현세자   국가와 백성을 위한 임금의 정책은 반정의 명분이 될 수 없음에도 불구하고, 대명사대를 하지 않고 오랑캐한테 항복했다 하여 죄를 씌운 것은 이는 분명 왕권을 능멸한 대역입니다.

인조   그만! (사이) 꾸, 꿈을 꾸는 게야. 나는 세자를 잘 안다. 세 자가 누구드냐? 나를 살리고 역적을 죽인 이가 세자다.

정묘호란 때는 의병을 모집하고 민심을 수습한 이가 세자다. 북벌을 반대한 거야 백성들이 가엾고, 애비가 원성을 살까 봐 그런 게지. 아암, 그럴 수도 있는 일이지. 세상천지가 배신해도 세자는 날 배신하지 않는다.

소현세자   …… 신은 이 자리에···신하의 도리를 다하고자 왔나이다.

인조   광, 광해 귀신이 여기까지 쫓아왔다. (몸을 뒤지며) 부, 부적이 어디 있느냐. 귀신을 쫓아야 돼.

소현세자   …… 신 죽기를 각오하고 진언하나이다, 주상 전하.

인조   주상이 아니라 니 애비다. 날 봐라. 내가 누구인지 잊었느냐?

소현세자   신이 벽서를 붙인 것은…….

인조   너만은 나를 버리면 안 된다. 세상 사람들이 날 보고 권력에 눈이 멀어 반란을 했다고 해도 너만큼은 너만은 이애비를 버리면 안 돼. 이 애비의 역사를 망나니의 역사로 만들지 마라. 제발.

인조, 무릎을 꿇는다. 소현세자, 눈물을 참으려는 듯 눈을 감는다. 그의 목소리가 떨린다.

소현세자   (사이) 신이 벽서를 붙인 것은 그릇된 역사를 바로잡아 종묘사직을 구하기 위함입니다. 이제 광해군을 폐위한 인조반정이 명명백백한 무력 반란임이 온 천하에 드러난

바, 인조 임금이 세운 국시 또한 그 정통성을 잃은 것입니다.

인조, 서서히 일어선다.

소현세자 북벌은 한낱 반란 수괴의 요망일 뿐, 조선의 국시는 광해군 전하의 개혁과 실리입니다. 앞으로 조선은 광해군 전하의 국시를 이어받아 두 번 다시 이 땅에 명분이란 이름으로 전쟁이 있게 해서는 안 될 것입니다. (사이) 임금은…… 죄를…… 뉘우쳐…… 명을…… 거두고…… 왕실과…… 종묘사직에…… 백배사죄해야…… 할 것입니다…….

잠시 침묵이 흐른다.

인조 (고개를 끄덕이며) 그래, 유생들이 벽서를 보면 한바탕 난리가 일 것이야. 세자가 임금을 안 믿는다는데 누가 나를 믿겠느냐. 반란 수괴의 명을 누가 받아 북벌을 하겠는고. 청나라 군사보다 세자가 무섭다는 걸 이제서야 알았구나. (실없이 웃다가) 너야말로 사사로운 부자의 정을 끊고 대의를 위해 죽기를 각오한 성인군자렷다. 세상 사람들은 임금은 반란을 하고 세자는 역사를 바로잡았다 말할 것이야.

인조, 웃음을 터뜨린다. 그칠 줄 모르는 웃음. 그의 서글픈 웃음이 무대에 메아리친다. 인조, 싸늘하여 웃음을 멈춘다.

인조 니가 이 자리에 신하로서 왔다 했느냐? 그렇다면 애비로 서 묻겠다. 아들인 너는 이 애비가 반란의 수괴라고 생 각하느냐?

소현세자 …….

인조 답하라. 아들인 너는 이 애비가 일으킨 반정을 반란이라 생각하느냐?

소현세자 …….

인조 대답하라!

소현세자, 말없이 고개를 숙인다.

인조 죽-일-놈-! 내 너를 죽일 것이다! 너를 죽여 부자의 연을 끊을 것이야! 영원히, 영원히 니놈을 용서하지 않 을 것이야! 죽어라!

인조, 칼을 들어 대궐 모형을 향해 내리꽂는다. 소현세자, 어둠 속 으로 사라진다.

인조 세자는 죽었다. 왕실을 배신한 세자는 죽었다. 세자빈한 테는 사약을 내리고, 그 자식놈들은 모두 제주도로 귀양을 보내라. 조선의 세자는 봉림대군이다!

금관조복들의 모습이 보인다.

금관조복1 세자는 어의 이형익의 침을 맞고 3일 만에 죽었다.

금관조복2 온몸이 새까맣고 뱃속에서는 피가 쏟아지고, 낯빛은 중독된 사람과 같았다.

금관조복3 세자는 주상에게 독살됐다. 죄를 물어 대역으로 다스리지 않고 사사로이 죽인 것은 두고두고 악재가 될 것이다.

금관조복4 인조반정이 형제를 살육하고, 어머니를 유폐한 패륜에서 힘을 얻은 만큼, 후에 아버지가 아들을 독살한 이번 일이 밝혀진다면 우리의 정권은 반정의 도전을 받을 것이다.

대신들, 들어온다.

대신1 수습 방안을 마련했습니다. 칼을 맞아 죽은 사신은 황명을 전하고 청나라로 돌아가다가 한족 저항군한테 습격을 당해 죽은 걸로 하면 위기를 넘길 수 있을 것입니다.

대신2 대신 급한 대로 청나라가 요구한 사항을 조속히 실행해야 합니다. 그래야 우리를 의심하지 않을 겁니다.

대신3 군량으로 비축한 쌀과 곡식을 청국으로 보낸다면 좋은 결과를 얻을 수 있을 것입니다.

인조   수습을 명한 적 없다. 북벌군은 진군하라!

대신들, 명을 기다리듯 금관조복들을 쳐다본다.

인조   이놈들아 어딜 보는 게야! 조선의 왕은 여기 있다!

금관조복4 세자가 역적과 어울려 벽서를 붙였다는 것이 알려지면 정국은 걷잡을 수 없이 혼란해질 것이다.

금관조복3 북벌을 반대하는 세력에 힘을 실어줄 것이고, 왕권의 몰락을 가져올 것이다.

금관조복2 벽서 사건에 연루된 자를 찾아내 모두 참하고, 이 사건이 잠잠해질 때까지 북벌은 보류한다. 북벌군을 되돌려라.

금관조복1 세자가 부왕에게 독살되었다는 사실은 누구도 알아서는 안 된다. 세자의 죽음을 알아서는 안 된다. 대궐 문을 닫아라.

금관조복 일동 대궐 문을 닫아라!

대신들, 대궐 모형의 문을 닫는다. 무대, 차츰 어두워진다. 인조, 당황하여 안절부절못한다.

인조   왕명이다! 군사는 진군하라!

대궐 모형의 정문이 닫히면 객석을 향해 스포트라이트가 비치면서 무대의 조명이 눈이 부시도록 밝아진다. 인조와 사관의 모습만이 보인다.

사관 돌아가실 시간이 됐습니다.

인조 (주위를 두리번거린다)

사관 왔던 곳으로 돌아가는 길목입니다.

인조 아직 가면 안 된다. 진군 명령을 내려야 돼. (망원경을 보이
며) 이걸로 오랑캐 죽는 걸 봐야 되는데…… (긴 사이, 기억
이 가물거리는지) 긴 여행을 한 것 같구나. 피곤하다. (사람을
쓰다듬듯 망원경을 쓰다듬는다, 사이) 이놈도 많이 늙었구나. 여
기저기 흠집이 생겼다.

인조, 망원경을 말없이 쳐다본다. 상념에 젖은 표정이다.

사관 가소서, 전하.

인조 (잠자코 있다고, 문득) 그래, 앞장서라. 내 주상 겁박하는 역
적 놈 등판에 대침을 꽂을 것이야…… 가자꾸나.

인조, 망원경을 조심스레 닦고 목에 건다. 사관, 나간다. 인조는
멈칫멈칫 뒤를 돌아보며 뒤따라 나간다. 징 소리 들려오면서 암
전된다.

제3장

1장처럼 미닫이문이 열려 있고, 제사상과 위패가 보인다. 효종, 객
석을 향해 서 있다. 인조와 사관 단 위에 선다. 이들은 어둠 속에서
상체만이 어렴풋이 보인다. 잠시 후, 노대신 들어온다.

노대신 약속드린 시간이 되었습니다.

효종 경의 패가 유용하다 보시는가?

노대신 부족함이 없으리라 생각되옵니다만.

효종 응하지 않는다면…….

노대신 한나라의 대유학자 동중서 선생께서는 왕은 천지인을
관통하는 존재를 뜻한다 일찍이 말씀하셨습니다. 군왕
의 도가 하늘과 땅의 덕을 본받아 이 땅의 백성들을 평
화롭게 살게 하는 데 있다는 말씀입니다. 군주는 속세
의 권력과 초월의 권능을 탐하기 전에 먼저 자신의 덕을
갈고 닦아야 합니다. 왕이 덕을 닦지 않는다면, 왕한테
는 권력도 권능도 존재하지 않습니다. 왕이라도 해도 인
륜과 천륜을 위배할 수는 없는 것입니다. 이는 광해군도
피해갈 수 없었던 대목입니다. (사이) 응하시지 않으신다
면, 부왕의 죄를 전하게 물을 수밖에 없습니다.

효종 그것이 반정의 명분인가?

노대신, 고개를 숙여 보인다.

인조   저 역적 놈이 뭐라는 게야?

효종, 책에서 일정 부분을 찢어 갖는다. 노대신에게 책을 건넨다.

인조   (깜짝 놀라서 고개를 내밀며) 저, 저, 저건…….

효종, 찢어낸 부분을 살펴본다.

인조   미, 믿지 마라! 저건 죄다 거짓말이다. 역모다. 모반이다!
효종   군사를 되돌리면…….
노대신 이 역사는 영원히 사라집니다.
인조   안 된다. 조선에 천운이 왔어. 오랑캐를 쳐라!

잠시 침묵.

효종   인조 대왕께서는 소현세자를 자애하셨고, 소현세자 또
         한 부왕께 극진한 효성을 다했소.
인조   누가 지극한 부자의 의리를 의심하오리까.
효종   세자께서는 반청북벌의 국시를 받드시고, 소임을 다하
         시다 학질로 승하하셨소.
노대신 소현세자 저하의 충정은 만세에 길이 남을 것입니다.

잠시 침묵,

효종　　군사를 되돌려라. 나의 군사는 돌아오라.

소리　　북벌군은 ― 회군하라 ―

노대신　성은이 망극하옵니다, 전하.

인조　　안 돼! 이 애비 지 자식 놈 잡아먹은 패륜아라 치고 넌 제왕이 돼야 돼. 나 땜에 그러면 안 된다. 그러면 안 돼!

인조, 어둠 속에서 나온다. 인조, 안타까워하며 효종에게 다가가려 한다. 효종, 책에서 찢어 가진 부분을 불태운다. 불이 다 타면, 잠시 후 소복을 입은 소현세자 들어온다. 그는 환하게 웃으며 인조에게 손을 내민다. 인조, 믿기지 않는 듯 소현세자를 멀뚱히 쳐다본다.

사관　　가시옵소서, 전하.

인조　　또 춥고 어두운 길을 가야 하는 게냐?

사관　　전하가 가실 곳엔 추위도 어둠도 없나이다.

소현세자, 인조를 이끌고 천천히 걸어 나간다.

효종　　이 순간 이후 그 누구도 소현세자의 죽음을 기억하지 못 할 것이며, 그 누구도 이 일을 꺼내는 이 없을 것이다. 오 직 조선의 제왕만이 기억되리라.

소현세자와 인조, 효종을 돌아본다. 소현세자, 환히 웃어 보인다. 인조, 어설픈 웃음을 짓는다. 사관, 자신의 책을 덮는다. 무대 서서히 어두워지면서 막 내린다.

한국 희곡 명작선 48

조선제왕신위

초판 1쇄 인쇄일   2021년 1월 10일
초판 1쇄 발행일   2021년 1월 20일

지 은 이   차근호
만 든 이   이정옥
만 든 곳   평민사
　　　　　서울시 은평구 수색로 340 〈202호〉
　　　　　전화 : 02) 375-8571
　　　　　팩스 : 02) 375-8573
　　　　　http://blog.naver.com/pyung1976
　　　　　이메일   pyung1976@naver.com
등록번호   25100-2015-000102호
ISBN   978-89-7115-746-6 03800
　　　　　978-89-7115-663-6 (set)
정 　 가   8,000원